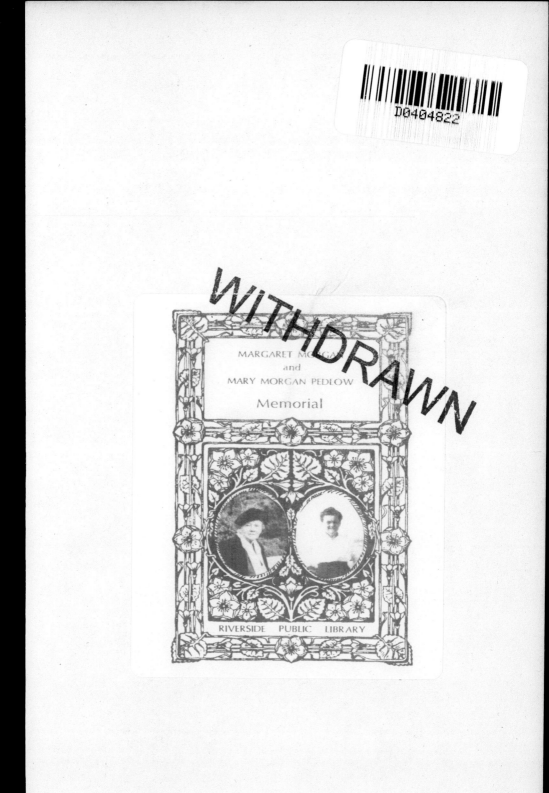

Oriundo Laredo

Alejandro Páez Varela

Oriundo Laredo

ALFAGUARA

Oriundo Laredo

Primera edición: noviembre, 2016

D. R. © 2016, Alejandro Páez Varela
Publicada mediante acuerdo de VF Agencia Literaria

D. R. © 2016, derechos de edición mundiales en lengua castellana:
Penguin Random House Grupo Editorial, S. A. de C. V.
Blvd. Miguel de Cervantes Saavedra núm. 301, 1er piso,
colonia Granada, delegación Miguel Hidalgo, C. P. 11520,
Ciudad de México

www.megustaleer.com

Roberto Morales, por el diseño de portada

ISBN: 978-607-314-931-0

Printed in Mexico – Impreso en México

El papel utilizado para la impresión de este libro ha sido fabricado a partir de madera procedente
de bosques y plantaciones gestionadas con los más altos estándares ambientales, garantizando
una explotación de los recursos sostenible con el medio ambiente y beneficiosa para las personas.

Penguin
Random House
Grupo Editorial

El millonario

Un desparpajo en sus menesteres

¿Que si el pueblo lloró la muerte de Oriundo Laredo? Claro que la lloró. Digamos que no hubo filas afuera de su casa de El Millón para verlo por última vez; digamos que tampoco hubo llantos, lo que se dice llantos, ustedes saben: mujeres gritando y arrancándose los cabellos, niños a moco tendido. Pero la gente del pueblo lo lloró, aunque de manera muy modesta y desde su casa.

Y no fueron a verlo porque casi todos le debían algo: que un favor, que dinerito, que un mosquitero. La casa de Oriundo Laredo no tenía mosquiteros porque en vida los regaló.

—Bien que chingan los moyotes —decía él, dándose con la palma en el antebrazo—. Y aquí tienen a su pendejo favorito.

Sí, bien que chingan los moyotes y bien que chinga la gente, también. Porque no faltaba quien llegara a su casa a decirle, con voz apocada: "Oiga, don Oriundo, qué bien chingan los moyotes". Y Oriundo Laredo arrancaba de alguna ventana el bastidor con tela de mosquitero y respondía: "Vaya, ándele, póngalo en su cuarto".

Así era el hombre de desprendido.

Se puede entender, pues, que sus vecinos prefirieran no ir a llorarlo a su casa sin mosquiteros, sin muebles, sin pisos, sin mesa o sin sillas ni nada. Lo lloraron desde lejecitos porque les daba pena de tanto que le debían. Tanto y tan poquito. Si la brea del techo no se la pidieron porque la brea, una vez puesta, no puede desprenderse; como la pintura y el enjarre en las paredes.

Al velorio de Oriundo Laredo, que fue la noche del viernes 26 de diciembre de 1997 (día además de su cumpleaños), asistió el jefe de la policía de El Millón, que en realidad era su propio jefe porque él y sólo él formaba todo el departamento; y fue porque tenía que ir, faltaba más; un muerto es un muerto.

También acudió el tendero, a quien el muertito le debía; aunque, a decir verdad, ése no asistió por Oriundo sino por aburrimiento.

Lejos de las anécdotas, de que si lo lloraron o no, de que si era suelto con sus pertenencias o no, de que si era un desparpajo en sus menesteres o no, qué pelao más bueno era ese Oriundo Laredo. Buena gente, el condenado. Hecho con toda la mano; con mantequilla, leche, huevos.

Oriundo recorrió unas mil o dos mil veces en su vida, con toda paciencia y sin barullo, de Palomas a Ojinaga y de Canutillo a Presidio. De Este a Oeste y viceversa, por toda la frontera. Y la anduvo sin sonar la duela, como la sombra de un caballo perdido, como una nube solitaria en la entraña del extenso manto.

¡Poca cosa es la distancia, Oriundo Laredo!

Los recuerdos se miden en millas, Oriundo, porque en los sueños todos vamos manejando un Grand Marquis.

Donde lloran los sauces

No supo, Oriundo Laredo, que así sucedió:

Que Teresa salió de su casa en El Millón y casi a rastras fue llevada al borde del Río Bravo en una mañana fría, como frías suelen ser, aun en el verano, casi todas las mañanas por allí.

—Crúcese el río y la veo del otro lado —ordenó el padre de Oriundo, que no se llamaba como él.

—¿Y a qué me cruzo? —contestó la madre de Oriundo, muy jovencita y de buen parecer.

Se vería obligada a nadar en las aguas frías del Río Bravo y eso no le generaba dudas. Dudaba del *a qué*: *a qué* dejar México, *a qué* irse al otro lado. Dos *a qué*.

—Pues mírese esa barriga, señora, ¡no aguanta un día más! Le va a reventar —dijo Octavio Laredo y se fue al puente para cruzarlo a pie, con su papel de *american citizen* en la mano—. Brínquese el río y la veo del otro lado.

Pasaron el río, ella y Oriundo nonato, por un vado donde un grupillo de sauces llorones tendía su cortina de ramas deshojadas a ras de la tierra congelada.

Teresa iba de nueve meses de embarazo y apenas se notaba su gravidez. Era de esas familias donde a las mujeres apenas se les nota.

No vio Oriundo Laredo que, al cruzar al otro lado, un letrero decía PETROLEO, así, sin acento; y que abajo, con letras chiquitas, se leía KEROSENE.

A lo lejos había nogaleras, algodonales ralos y algo de sorgo para ganado. Y más adelante, poco más allá del vado, el pueblo de Clint presumía su único logro: una estación de la Border Patrol mucho más grande que la escuela del condado.

No supo, Oriundo Laredo, que el aire era húmedo esa mañana fría de invierno, fría como casi todas las mañanas allí, excepto algunas.

Y que el color café oscuro de los nogales acentuaba el tiempo.

Que un letrero decía: WEDINGS AND QUINCEAÑERAS.

Que en Clint había un salón de baile llamado Dunas Ballroom. La John Deere tenía una sala de exposiciones para tractores. El Saragosa Fireworks vendía fuegos artificiales lo mismo para el 4 de julio que para la noche del 15 de septiembre. El Jumping Baloons abría sólo los fines de semana para que los niños jugaran.

Y los torbellinos de tierra se estacionaban en los campos sin sembrar.

Y dos árboles y los restos de un tercero, todos centenarios, estaban junto a una bomba de agua y más algodonales. Y había tierra desaprovechada, mucha, porque allí lo que sobra es tierra y mucha está sin sembrar.

No supo, Oriundo Laredo, que cuando cruzaron el río había dos árboles y los restos de un tercero, y allí los estaban esperando para llevarlos a un hospital: a ella chiquita y guapa, con nueve meses de embarazo; a él sin ver la luz todavía.

Y a lo lejos, hacia el norte, el desierto lanzaba destellos de sol reflejado.

Y hacia el sur, México y más México, desierto.

Y esas tierras, todas, habían pertenecido a los apaches.

Y los pueblos de kilómetros a la redonda, mexicanos o gringos, no tenían banquetas y las casas lucían porches enormes, como extensiones de la sala.

No supo, Oriundo, que así sucedió:

Que su padre dijo a su madre, cuando cruzaron el río:

—¿Por qué tardó tanto?

Y que ella respondió:

—Porque estaba fría el agua.

Hablaba del agua del Río Bravo.

Y había, del otro lado, una iglesia: la Indios Community Church. Y otra, la Emmanuel Dios con Nosotros; y una tercera, la Even-Ezer.

Y Rodilla Floja era el nombre de un rancho y el nombre también de un indio manso al que nadie hizo caso.

Y Saltondo era un cerro o dos, porque lo partían las aguas de un brazo del Bravo.

Entre El Paso y Socorro estaba la calle de Prescott Sheldon Bush. En esa calle moriría su madre días después del parto, dejándolo huérfano del todo porque su padre nunca vio por él.

No supo, Oriundo, que así sucedió:

Que ésa era la primera vez que su madre cruzaba a Texas y que cuando cruzaba, pensó:

"Qué pueblos más tristes, qué calles más tristes, qué día más triste y hasta los árboles lloran por acá", y un grupillo de sauces llorones tendía su cortina de ramas sin hojas a ras de la tierra congelada.

Esto no lo supo Oriundo Laredo, aunque así fue como sucedió.

Gangrena hasta los tanates

Oriundo Laredo creció creyéndose millonario. Millonario-millonario. Con un chingo de dinero, pues.

Y en los primeros años no se preguntó dónde estaba su dinero.

Después entró en dudas, y después, fue después.

Su padre se refería a él de esta manera: "Pinchi muchachito millonario".

O:

—Pinchi muchachito millonario tan jodido, pues. Átese las cintas, límpiese los mocos. Pinchi millonario tan jodido.

O:

—¡Épale, don millones, vaya a la tienda!

O:

—Usted es un arrimado, pinchi muchachito millonario. Vaya usted a la tienda, ándele. Gánese a sus hermanos, que ni hermanos suyos son y lo tienen que soportar.

Porque Oriundo estuvo de arrimado hasta los cuatro o cinco años de edad. Luego, un día, su padre fue por él adonde lo había abandonado y le dijo:

—Junte sus trapos, nos vamos.

—¿Adónde? —dijo él.

Oriundo aún no tenía nombre.

—¡Que junte sus trapos, muchacho cagado, que se va de aquí! ¡Ya no lo soporta nadie! ¿Entiende? ¡Nadie!

Y se lo llevó, con jalones y golpes en la nuca, a México. A El Millón, pueblo junto a Ciudad Juárez.

En Estados Unidos quedó el registro de su nacimiento con el nombre del padre, Octavio, pero el padre no lo supo o no quiso saberlo o no le importó o no se dio cuenta.

Cuando llegaron a México, Octavio debió registrarlo otra vez.

—Tiene que registrar a este muchacho —dijo una tía abuela de Oriundo cuando el padre lo llevó a El Millón para abandonarlo allá, también.

La tía abuela ocupaba la misma casa que fue de la madre de Oriundo Laredo, la pobre de Teresa, quien ya no regresó. La vieja vivía allí aunque tenía unos cuartos al lado, porque sentía que esa casa debía estar ocupada mientras la muerta llegaba a donde tenía que llegar.

—Tiene que registrarlo si no quiere meterse en líos con la justicia —insistió. Temía que ese hombre al que no quería ni tantito le dejara un problema.

—¿Y eso adónde? —preguntó el padre, viendo al reloj.

—A la plaza, al registro civil. Tiene que llevarlo usted mismo.

—La pinchi lata —se quejó, aunque tomó del brazo a Oriundo, que todavía no se llamaba Oriundo, y lo arrastró hasta la plaza, al registro.

Hicieron cola. Octavio Laredo pensó en desistir, pero pensó en los líos con la justicia y mejor se quedó allí, con el chamaco, a la espera.

Oriundo era quieto y entendido, por fortuna. No mereció ni un golpe más.

Frente a barandilla, el juez de lo familiar los vio apenas de reojo y preguntó:

—¿Registro?

—Sí. Registro de este muchacho.

—¿Oriundo? —preguntó el juez.

—¿Oriundo? —dijo Octavio.

—Que de dónde es oriundo; que de dónde es, dónde nació.

—¡Ah! Nació en El Millón. Es millonario —Octavio rio.

—¿Usted es su padre?

—Eso dicen, que soy su padre.

—¿Usted se llama cómo?

—Octavio. Octavio Laredo, su señoría.

Dijo "su señoría" porque leyó "juez" y pensó que lo correcto era llamarlo "su señoría", como en las series de televisión, como en el cine.

—¿Usted de dónde es?

—¿Yo?

—Usted.

—De Texas, de Fabens, su señoría.

—Fabens, Texas.

—Fabens, sí.

—¿Y la madre?

—Le salió enferma.

—¿No pudo venir?

—Le salió enferma al chamaco. Está muerta.

—¿Cómo se llamaba?

—Teresa.

—¿Teresa a secas?

—¿Qué voy a saber, su señoría?

—Teresa Laredo le ponemos. ¿Y cómo lo va a llamar?

—¿Llamar?

—Al muchacho, cómo lo va a llamar.

Octavio Laredo pensó unos momentos con los ojos iluminados.

—Oriundo. Oriundo, su señoría.

Dijo "oriundo" porque le gustó, porque creyó que era un buen nombre para el muchacho millonario.

Y dijo "oriundo" porque hasta que no llegó frente a su señoría no había elegido nombre para él, para ese pinchi muchachito millonario.

—¿Oriundo? —dijo el juez, algo extrañado.

—Oriundo Laredo —agregó el apellido, y entonces le gustó el nombre mucho más.

—¿No quiere ponerle Octavio, como usted?

—No. Ya tengo muchos.

—Oriundo, así.

—¿Cómo así? Oriundo solo no: Oriundo Laredo.

—Oriundo, pues.

—Oriundo Laredo, su señoría.

Octavio Laredo llevó al muchacho de regreso a casa de su extinta madre. Y ya no había una, sino dos viejas.

—Aquí tiene, pues, a Oriundo Laredo.

—¿Cómo le puso?

—Como mi abuelo: Oriundo Laredo.

Octavio Laredo mentía porque su abuelo se llamó Aurelio y su padre, Andrés.

Dejó a Oriundo Laredo recién registrado y tomó camino de regreso y se perdió los siguientes doce años, aproximadamente, hasta que decidió ir a México a morir por una pierna gangrenada.

La gangrena le dio en el campo, sacudiendo nogaleras. Se subió a una escalera larga y cuando golpeaba las ramas con un pedazo de manguera, perdió el equilibrio.

No cayó de golpe porque un pie se le atoró en el primer escalón, el de arriba.

Por su peso, el pie atorado casi se le desprendió.

Sin seguridad social, ese pie se le puso negro y luego hubo que amputarlo pero algo salió mal cuando lo amputaron porque le avanzó el chapopote hasta la pantorrilla, de tal manera que cuando llegó a México, la gangrena le rozaba los tanates.

—Tengo gangrena hasta los tanates —dijo Octavio Laredo cuando reapareció en El Millón. Se señalaba con una mano la entrepierna.

Cuando se acomodó en la casa que había pertenecido a Teresa, madre de Oriundo, se dijo:

—¿Maté al perro para venirme a esta mierda? Merezco morir.

Porque tuvo un perro fiel, y antes de dejar Texas lo mató para venirse a México sin cargas.

El chamaco, Oriundo, había crecido para entonces.

Al verlo, Octavio Laredo intentó recordar su nombre y pensó: "Millonario, millonario… ¿Cómo chingados le puse a ese desgraciado? ¿Le puse Octavio?"

Como una irregularidad

—Tráigame café —ordenó Octavio Laredo.

Oriundo salió de su casa y caminó hasta la de la tía abuela, que estaba a un lado, y ella lo esperaba en la puerta con la taza en una mano.

Los dos se vieron a los ojos, incrédulos. Se preguntaban sin palabras por qué prepararle café a un prácticamente desconocido, a un malagradecido y desgraciado.

En el mundo mudo de ambos, la irrupción de aquel hombre había alterado las cosas. Lo veían como una gobernadora ardiendo solitaria en la llanura; o como el rayo loco que cae sobre la nada, a mitad del desierto. Lo veían como una irregularidad, como una verruga que crece sin control en el cuello.

Oriundo recordó cierta ocasión, cuando tenía tres años y era un arrimado. Su padre llegó en carro a la esquina, adonde él acostumbraba sentarse bajo un árbol de lilas.

Octavio Laredo lo llamó, sin bajarse del carro. Le gritó:

—*Hey, you*, millonario, *come here!*

Y Oriundo se acercó a la ventana del conductor. En el asiento de atrás, tres niños más o menos de su edad. Adelante, en el de copiloto, una mujer.

Su padre le dijo, simplemente: "Toma, entrégalo a María". Era un sobre con un billete de veinte dólares.

—¿Quién es ese niño? —preguntó la mujer.

—El hijo del mecánico —respondió su padre y echó a andar el carro—. Y María es la mujer del mecánico.

Oriundo recordó que su padre fue muchas veces más, a la misma hora y un mismo día del mes, a entregar el mismo sobre.

No entregó esos sobres a María, la mujer con la que vivía arrimado.

Y un día, cuando tenía tantos sobres como para ya no poderlos esconder, los echó a un tambo de basura y les prendió fuego.

—Tráigame café —ordenó Octavio Laredo a su hijo.

Oriundo recordó otra ocasión, cuando tenía tres años y era un arrimado. Su padre llegó a casa de María y hubo un gran pleito. Esos pleitos eran costumbre y costumbre era el reclamo: ella pedía algo para mantener a los niños.

Por la noche, cuando los gritos se calmaron, María le dijo (y esto también lo recordó Oriundo Laredo cuando su padre le pidió café):

—Quédate, Octavio. A qué te vas. Aquí tienes todo lo que necesitas. Aquí te hago tus frijoles y tus tortillas de harina.

—¿Quedarme? —respondió él sin separar los ojos de la televisión. Estaba sobre un sillón destartalado.

—Quédate. A qué te vas.

—¿Quedarme? —repitió él.

—Mira: te traigo tus cervezas, estás con los niños.

—¿Cervezas? —dijo él, ebrio.

—Cervezas. Y si quieres te bailo. Yo te bailo, aquí, si te quedas —dijo la tal María y acercó su cuerpo al de él. Le tomó la mano y se la metió bajo la falda.

Octavio Laredo usaba los dedos sin despegar los ojos de la televisión.

—¿Bailas? —dio un trago largo, ya muy borracho—. ¿Me bailas?

—Te bailo.

—¿Y a cuánto me dejas la cerveza?

Octavio Laredo le ordenó a su hijo:

—Tráigame café.

Oriundo no entendía por qué acarrearle el café, pero de todas maneras obedecía.

Dos vueltas el cinturón

El día en que murió su padre, el domingo 11 de enero de 1970, Oriundo Laredo le sacó unas monedas del pantalón y fue a la tienda a comprar dos navajas desechables Guillette, las de cajita roja, porque quería dejarlo limpio para su funeral.

Regresó a casa y lo rasuró a conciencia; le puso una camiseta blanca y le ajustó el pantalón. Lo acomodó en la cama y fue con la tía abuela y le dijo: "Se murió mi apá", y regresó y se sentó en el porche a pensar.

Fue a la funeraria más tarde ese mismo domingo y no cruzó la puerta. Volvió, se sentó en el porche otra vez y se quedó dormido, pensando, hasta que el picor del sol lo despertó.

Entró a la casa, donde estaba su padre muerto. Sacó una pistola que Octavio guardaba en una caja de madera. Se dirigió al patio y mató a la vaca.

—Se murió mi apá —dijo por segunda vez a la vieja que lo cuidó durante años y que era su tía abuela.

Regresó otra vez a casa y se encerró con el cuerpo de su padre y lloró a la vaca hasta que fue otro día. En ese segundo día cavó una fosa profunda adonde arrastró a la vaca y la cubrió de tierra.

Al tercer día de la muerte de su padre, un martes, Oriundo Laredo se puso dos camisetas y encima dos camisas; y sobre el pantalón otro pantalón, sobre los calcetines otro par. Ésa era su maleta.

Roció los muebles de la casa con querosén, le prendió fuego y se encaminó, a paso lento, hacia el Río Bravo.

Oriundo Laredo tenía doce años —cumplidos un mes antes— y una muela picada que le había hinchado un cachete.

Era tan flaco que le daba dos vueltas el cinturón.

Se moría de hambre y eso no fue novedad: hambre tuvo desde que nació. Hambre, mucha y siempre. Hambre, él que era millonario.

Oriundo Laredo regresaría muchos años después a El Millón. Encontraría rastros de su casa, sobre los que edificó otra vez. Hallaría a la vieja enterrada en un panteón. Daría con la fosa de la vaca.

Nadie en el pueblo sabrá que él mismo había quemado los restos de Octavio Laredo, su padre, dentro de la casa. Pensaron que había sido un accidente. Y en el pueblo lo daban por muerto a él, también.

Los perros y los hijos

El miedo a la soledad

No supo, Oriundo Laredo, que su padre tuvo un tío llamado Jon, así, sin hache, y que este tío tuvo un perro al que amó por encima de casi todo lo demás.

No supo, Oriundo Laredo, que Jon heredó a Octavio Laredo ese perro al que tanto amó, y que ese mismo perro acompañó a su padre desde muy joven y durante el resto de su vida, hasta días antes de morir.

El perro del tío Jon, que después fue de Octavio, se llamó Niño. Ambos lo llamaron también *boy*, o "boe", como lo pronunciaban en inglés.

—*Hey, boe, come here.*

Y el perro acudía.

—Hey, Niño, vaya a traerme unos cigarros a la tienda.

El perro no iba a la tienda por unos cigarros pero sí iba adonde estaba Jon o, años después, adonde Octavio.

Ese perro era, en realidad, muchos perros. Y no hay ciencia en eso: Jon conservó una misma línea de perros y a todos los llamó igual: Niño.

Y luego Octavio Laredo conservó una misma línea de perros y a todos los llamó igual: Niño.

Cuando Niño se hacía viejo ya había otro Niño, hijo de Niño y nieto de Niño. Así por años.

Jon quería a todos como si fueran un mismo perro. Octavio, padre de Oriundo Laredo, también.

Jon decía que, en este mundo, los perros no son los perros. "Para perros, usted y yo, ¿eh? Para amor, el de los perros. Y perros serán los hijos, ya verán si no. Ya verán quiénes se encargan de arrastrar los huesos de uno por el basurero", decía. "Los hijos son perros carroñeros y no hace falta una segunda vida para confirmarlo. Los hijos son más perros que los mismos perros, ¿eh?"

Octavio Laredo también decía que, en este mundo, los perros no son los perros y para perros, todos los demás. Sobre todo los hijos.

Antes de abandonar el pueblo de Clint para irse a morir a El Millón, en México, Octavio Laredo lloró durante dos días y por adelantado la muerte de Niño. Luego, el día previo a su partida, ya con gangrena hasta los tanates, se arrastró al patio, sacó la pistola y le disparó.

Pero Niño no murió con esa bala y corrió a refugiarse debajo de un carro. Octavio Laredo le hizo tres disparos más, de lejos, y no le atinó.

El perro murió desangrado, horas después, bajo los ojos de Octavio, quien permaneció todo ese tiempo observándolo, tirado en el suelo, junto a la puerta de su casa.

Octavio lamentó la muerte del pobre animal. También se quejó por haber perdido la puntería.

No supo, Oriundo Laredo, que Jon y Octavio compartieron un mismo miedo a la soledad.

Comanche, apache, mescalero

Octavio Laredo conoció a Jon apenas dos años después de que terminó la Segunda Guerra Mundial. Él tenía 32 años y había combatido en Europa; el tío, con 47, había servido como mecánico en distintas bases en América y luego en la Operación Cartwheel del Pacífico. Herido en la Campaña de Salamaua-Lae, había regresado poco antes que Octavio a Estados Unidos, en enero de 1944.

Una vez que hicieron contacto, Octavio acudía a diario a visitarlo a su rancho-taller mecánico. Lo ayudaba por las tardes a lavar fierros y hasta le tendía la mano para levantarlo del suelo, donde se tiraba para revisar fugas de aceite o desperfectos en los carros que reparaba para ganarse la vida. El tío tenía una enorme barriga que desentonaba con sus brazos delgados, su cuello delgado, su cara afilada como hacha y sus piernas delgadas también; y rengueaba, por una lesión de guerra que afectaba pierna y brazo derechos.

Jon tenía amigos, todos ex combatientes, con quienes llevaba una relación estrecha aunque se agarraran a golpes un día sí y el otro también. Era una forma de reafirmar su hombría y su amistad, pensaba Octavio. Se pegaban en serio y salían bastante maltrechos y lanzándose maldiciones, aunque al día siguiente estaban juntos otra vez. Se miraban de reojo, luego retomaban sus riendas y el alcohol servía para suavizar la relación y volvían, sin vuelta de hoja, a temas muy puntuales.

—*You don't know shiet*. Soy comanche, cabrón. ¿Eh?

—No seas necio, pinchi Jon. No eres comanche. Toda tu familia viene del Valle de Juárez.

—Pues por eso, pendejo. ¿Sabes dónde se escondía Gerónimo? ¿Eh?

—Gerónimo era apache, Jon.

—Comanches, apaches. La misma chingadera —decía Jon cuando lo agarraban en la maroma, que era a diario.

—¿Qué?

—Que son la misma chingadera. Somos una misma chingadera: apache, comanche, mescalero, kikapú, manso, menso. ¿Qué no lo sabes? ¿Eh?

Sucedía que, con frecuencia, en la casa-rancho-taller de Jon, que estaba a las afueras de El Paso rumbo a Canutillo, Nuevo México, se perdían las cosas de los invitados.

Y alguna noche alguien se enojaba en serio también por eso.

—¡Mcha! —exclamaba alguno. Y esto es sólo un ejemplo de muchos—. Ya me volvieron a robar.

—Oh, que la… —decía otro.

Los supuestos robos eran otra causa de los pleitos.

—Jon, puta madre, no encuentro la cartera —decía ese amigo hurgando en la tierra pelona, en los pliegues del sillón a la intemperie y en los carros cercanos.

Jon contestaba, tiro por viaje, sin mover un dedo e ironizando: "Pues siéntate, pérate a que te la encuentre".

—Chingada madre, Jon.

—¡Tengo toda la tarde tirado aquí, en este sillón! ¿De dónde sacas que yo tengo tu cartera, cabrón? ¿Qué no me ves prieto de tanto estar tirado en el mismo sillón? ¿Eh?

—Dámela.

—No la tengo, ya te dije. ¿Eh?

—¡Dámela!

—¡Que no la tengo! ¿Eh?

Para entonces, Niño jaloneaba el pantalón del amigo. Intercambiaban golpes. Rodaban. Cinco golpes bien puestos por cabeza. Sangre, revolcón.

El amigo de Jon salía aullando de impotencia casi siempre, y con indignación subía a su carro y se iba rechinando llanta.

—¡Pus éste! ¡Y no regreses! —decía Jon. Aunque por dentro sabía que el amigo volvería al día siguiente.

En medio de la refriega, el perro, nervioso, lanzaba mordidas y gruñidos a todos y luego se iba calmando, calmando. Esto es sólo un ejemplo de muchos.

Cuando el agua se apaciguaba, el perro se retiraba a un cuarto pequeño que servía de almacén de piezas de carro y herramientas y que era donde tenía un trapo que le servía de cama. Se acostaba a la puerta, con el cuerpo adentro y la cabeza afuera.

Al día siguiente volvía el amigo y decía:

—Encontré la cartera, Jon. Estaba en casa.

—¿Ya ves? Chingada madre. Aquí no se pierde nada. ¿Eh?

—Sí se pierden cosas, Jon. Pero ahora sí la cagué.

Y sí, muchas veces se perdían cosas.

—Ésta es casa de comanches, cabrón. Por tradición, los comanches no robamos. Todo lo que dices que has perdido aquí debe estar regado en el cochinero de tu casa.

—No eres comanche —respondía el amigo.

—Comanche, apache, mescalero, manso. La misma chingadera. Somos una misma chingadera. Apaches, comanches, kikapú, mescaleros. ¿Qué no lo sabes? ¿Quieres que te lo explique con bolitas y palitos, cabrón? ¿Eh? ¿Eh?

Jabón, champú o grasa

La casa de Jon tenía dos cuartos: uno muy grande que servía como cocina-comedor-recepción-sala, y otro anexo, más pequeño, en el que tenía un catre destartalado.

A la entrada de su casa, a un lado de la puerta de la cocina-comedor-recepción-sala, estaba el motor abierto de un Cadillac 1936 Serie 60. Montado sobre bloques de madera y con partes cubiertas con periódico y trapos, lucía como cadáver abandonado en la morgue pero era, en realidad, el alma viva de sus verdaderas pasiones.

Jon llevaba años arreglando ese motor y afuera, cubierta con lonas, guardaba la carrocería del Cadillac, sin llantas y con la pintura muy dañada, aunque conservaba todas las molduras con el cromo intacto.

Tenía además, en ese cuarto grande del motor, una mesa chaparrita rodeada por cojines, sillas y sillones, todos manchados de grasa; era un lugar alterno de reunión para cuando afuera hacía un frío imposible. Había cajas de herramientas y herramientas regadas a diestra y siniestra, incluso encima de una tarja doble sobre la que había platos y vasos sucios y piezas de carburadores, alternadores, marchas y radiadores.

Jon tenía una fascinación por el desgrasador, y lo compraba en grandes cantidades y en múltiples presentaciones: en tubo, en botes con aplicador o como barras gigantes de mantequilla. Lo usaba para quitarse el aceite de los autos y para limpiarse las manos antes de comer; se lo untaba en el pecho e incluso en las axilas, y se lo embarraba en la cara por las mañanas y se lo retiraba con una toalla. Jon se lo aplicaba hasta en los pies y no se sabe en cuántas otras partes del cuerpo más.

(Un día le dijo a Octavio que los indios del desierto se lavaban con aceite durante las sequías. Tomó desgrasador y se lo untó en el antebrazo. Luego sacó un cuchillo de caza y con el filo se quitó una pasta ennegrecida. "¿Ves? ¿Eh?", le dijo, mientras sacudía la suciedad del cuchillo sobre el piso de cemento de su casa.)

Afuera, rodeando los dos cuartos enclavados en una especie de rancho sin ganado y sin labor, había unos diez autos destartalados que él y sus amigos ocupaban en el verano para dormir la mona cuando la borrachera los vencía. Eran carros abandonados por sus dueños o carros que compraba baratos para ir desarmándolos. Varias veces en los últimos años el gobierno local lo había conminado a retirar la chatarra, pero él hacía caso omiso y cada determinado tiempo llegaba un inspector con tres o cuatro grúas para llevárselos al depósito. Él renegaba, y cuando el empleado de gobierno le advertía que lo esperaba a tal hora de tal día en la Corte para discutir sus quejas, se retiraba refunfuñando a su casa-taller mecánico y no salía más.

Por eso, por temor a que un día se lo llevaran también, el Cadillac estaba debajo de lonas y con un breve techo de láminas y madera. Cubría sus molduras de cromo con desgrasador y las tallaba suavemente en círculos cada equis número de semanas para mantenerlas limpias. Y lo lograba.

De lunes a lunes y de enero a enero, la tarde agarraba a Jon con una botella de güisqui en el estómago. Tomaba en realidad un bourbon barato que llamaba güisqui; era un bourbon producido en Ciudad Juárez desde los años de la Prohibición, que conseguía a buen precio por caja.

Con el último sol brillante llegaban unos seis amigos, cada uno con alguna botella o con sodas, y empezaban la velada. Fumaban y bebían y conversaban así fuera martes o domingo.

Octavio Laredo fue a verlo porque habían avisado a su madre que estaba en un hospital, muy golpeado. Encontró a Jon en casa, cubierto de vendas.

—*Where's your mom?* —dijo Jon.

Le explicó que lo había enviado para ver en qué podían ayudarlo. Respondió algo que Octavio no entendió y retomó su lugar en el patio, en un sillón viejo y —como todo allí— lleno de grasa espesa y negra.

Le pidió, como si lo estuviera esperando, que le trajera una botella de la cocina y un vaso, que Octavio llenó a tope sin rebajarlo con agua porque así se le instruyó. Jon siguió con su plática sin voltearlo a ver. Los amigos habían llegado. Los temas de la noche: Corea en llamas, un concejal hispano del que se sentían defraudados, los otros vecinos del lugar, los carros, las partes de carro, los indios, los negros.

Jon notó en algún momento de esa primera ocasión que Octavio también se había instalado como observador. Lo llamó y le dijo, al oído:

—*You can stay*. Pero debes saber que te quedas bajo tu propio riesgo. Es sabido que los mecánicos tenemos mal carácter.

Y siguió conversando con sus amigos.

El tío solía decir que era descendiente de comanches, apaches o mescaleros, según fuera el caso, y sí tenía esa pinta, con su cara de hacha y sus pelos largos y entrecanos. Pero uno de sus amigos tenía la tarea de desmentirlo a diario.

—Ustedes vienen del sur de México, Jon, *you can not be* comanche. Llegaron al Valle de Juárez de Oaxaca o de no sé dónde —le decía.

—¿Y tú qué sabes? —le contestaba Jon.

El otro sabía del tema porque venía de comanches. Su familia se había quedado trabajando los últimos cien años entre el condado de Doña Ana y Anthony, Nuevo México. Habían sufrido más que los mismos negros en esa zona.

—Lo sé porque soy comanche, Jon. No chingues —decía, también con su cara de hacha y sus cabellos largos.

—Pinches comanches guarachudos —respondía Jon cuando estaba acorralado, mascando los hielos del güisqui ruidosamente. Y al día siguiente volvía a defender la nobleza de su sangre de comanche. O de apache, o de mescalero, o de manso.

Octavio aprendió de Jon que el amor por los perros supera el amor por un hijo.

Bourbon barato

Oriundo Laredo no supo que su padre aprendió otras cosas de Jon que no recordaba de su voz aunque las sabía de memoria.

Que el sexo de las mujeres —es un ejemplo— tiene una acidez muy particular, y de la intensidad de esa acidez depende la adicción del hombre hacia ellas.

Que hay gente que habla de aceite de ballenas, pero no existen las ballenas desde hace siglos y tampoco el aceite de ballenas, que no es otra cosa que sueños mojados y erráticos de marineros colmados de enfermedades venéreas.

Que un hombre nace motor y una mujer, aceite. Y un motor por sí solo es una maravilla, es un arte, y el aceite sólo eso: aceite. Que una mujer que se abandona termina en la tierra, puerca e inservible, mientras un motor siempre podrá echarse a andar sin importar los años de abandono.

Oriundo Laredo no supo que su padre, Octavio, estuvo el día en que, tendido en su catre destartalado, Jon dio el último suspiro. La mañana de ese día, el perro se acomodó en la banqueta, de espaldas a la casa, y dio vueltas sobre su propio eje evitando ver para atrás. Lanzaba ladridos cortos, tres o cuatro, uno seguido del otro. En ocasiones aullaba.

Quince minutos después del mediodía, el perro emitió un aullido profundo y se echó a andar con la cabeza gacha y sin rumbo.

Dentro de la casa, Octavio Laredo firmó, minutos después del aullido, el acta de defunción de Jon. Y apenas entregó el cadáver a los servicios funerarios, trazó mapas mentales en torno a dos avenidas largas que cruzaban el vecindario: Doniphan Drive y Levee Road. Salió del rancho-taller en su troca y cruzó caminos de tierra y pisó empalizadas porque apostaba a que el animal daba círculos. Pero no, no daba círculos.

El perro se siguió sin voltear hacia atrás por El Chanate Drive, Yucca Road, Anthony Road y Latuna Avenue, calles trazadas apenas en la tierra del desierto. Llegó a Los Mochis Drive y cruzó por un banco de arena hasta la I-10 o Interestatal 10.

Niño se echó a andar hacia el norte y al fondo, azulada, la cordillera de la Sierra de los Mansos lo seguía.

Octavio lo halló en la autopista, caminando firme con el rumbo de los carros. El perro iba con la lengua de fuera. A veces se asustaba con el ruido de los tráilers pero no corría: agachaba la cabeza y se colocaba un poco más a la derecha.

—Niño —lo llamó Octavio sin bajarse de la troca.

El perro lo vio, pero no le hizo caso.

—¡Niño! —le gritó.

Entonces interpuso la troca en el camino del perro y se bajó y le extendió los brazos. El animal lo esquivó; se hizo más a la orilla de la carretera.

Los carros habían encendido las luces porque la tarde caía cuando Octavio lo alcanzó y lo abrazó del cuello y le dijo:

—Esto es difícil para los dos, *boe*. Deja de huir.

El perro, entonces, lamió sus manos y se fue, a paso tranquilo, hasta la puerta de la troca. Octavio la abrió y él se subió en el asiento del copiloto.

Ya dentro del vehículo, Niño se puso a ladrar fuerte, imparable, viendo hacia la montaña, donde un azul profundo no dejaba escapar siquiera la luz de las luciérnagas.

Así fue que Octavio Laredo heredó al perro de Jon, en los primeros días de 1959. Estuvieron juntos diez años, hasta finales de diciembre de 1969, cuando le dio muerte con una pistola M1911 reglamentaria del ejército de Estados Unidos. Esa arma semiautomática, diseñada por el mormón John Moses Browning, había pertenecido a su padre, Andrés Laredo, quien la había cargado durante la Primera Guerra Mundial.

Andrés Laredo, padre de Octavio y abuelo de Oriundo, murió un viernes 26 de diciembre de 1958 a la edad de 68 años; apenas unos días antes que Jon. Andrés padre y Octavio hijo estaban distanciados desde que el segundo decidió enrolarse en las fuerzas armadas para combatir en Europa.

Ese mismo viernes de 1958, en el mismo hospital en el que murió Andrés, padre de Octavio, nació Oriundo Laredo. Octavio estaba demasiado indispuesto, después de las fiestas navideñas, para acudir a cualquiera de los dos eventos; amaneció en casa de Jon bebiendo bourbon barato y allí se siguió todo el día bebiendo más bourbon barato con su tío, que ya estaba muy enfermo.

Una semana después, el 31 de diciembre de 1958, Octavio Laredo acudió a una bodega de almacenaje a recoger algunas pertenencias que le dejó Andrés, su padre. Había varias cajas de cartón y una de madera, mucho más pequeña, que guardaba la pistola.

Semanas después, rodeado de eventos significativos que no alteraron su ánimo, Octavio fue por Oriundo al hospital, obligado por servicios sociales. Y fue para entregarlo, con mentiras, a casa de María, con quien tenía tres hijos.

Teresa había llegado antes a casa de María. Él mismo la envió allí, sin verla, en un taxi. Ella iba con la voluntad quebrada y casi inconsciente. Murió pocos días después por males relacionados con la labor de parto, y Oriundo, quien no se llamó Oriundo sino hasta varios años después, permaneció semanas abandonado en el hospital.

Tantas mujeres y tantos hijos

Octavio solía decir que le hubiera gustado ser hombre de una sola mujer. Aun en los días en los que estuvo cerca de la monogamia —contaba—, cuando tuvo a una sola y procuraba serle fiel —ustedes saben, físicamente—, su deseo era tener a otra, o a otras.

Le sorprendían los compañeros de parranda que podían opinar sobre cierta mujer, e incluso desearla en las palabras, pero nunca harían un esfuerzo por poseerla si tenían una pareja, formal o medianamente formal. Para él, cualquier señal, cualquier sonrisa, cualquier mirada se convertía en un reto: convertir ese gesto breve en una buena cama.

—No puedo verlas sin echarme a andar —decía—. De verdad no puedo.

Octavio fue un hombre con pocas amigas. Tuvo algunas, como las gay. O aquellas con las que era imposible acostarse porque le complicaban otra conquista. O esas que ya lo habían perdonado por seducirlas y abandonarlas con anterioridad. Y estas últimas eran sus amigas sólo porque él guardaba la esperanza de volverlas a seducir.

¿Que si hizo un intento por ser monógamo? Claro. De eso podía hablar mucho. Empezaría por contar que en su juventud estuvo casado, y por varios años. Y que no tuvo hijos porque aquella mujer fue sabia.

—Eso fue antes de la guerra. Duré apenas un año siéndole fiel, chingada madre —decía—. Luego me acosté con su mejor amiga, con una prima, y me seguí con sus compañeras de trabajo y mis compañeras de trabajo y así, hasta que me mandaron a la chingada.

Sin mucho aspaviento, su primera esposa le dijo: "Ya vete a la chingada y déjame vivir en paz, Octavio".

—No pedí explicaciones. Me fui. Me pidió que dejara la casa y me largué. Al día siguiente estaba ya en la cama con otra.

Octavio decía que un hombre hecho para una sola mujer siente que ha logrado una proeza cuando se acuesta con otra. Pero un hombre hecho para muchas mujeres sufre más conforme más se acuesta con otras.

—Sientes remordimientos por una y por las otras —decía—. Si tuviera muchas vergas y muchas vidas para disfrutar esas vergas no sentiría remordimiento alguno. Pero cuando estoy con una, me reclamo por no estar con la otra.

Hombre de muchas mujeres, se sentía acorralado y sufría. Sentía que defraudaba a las dos, o a las tres, o a las cuatro. Por eso salía corriendo de la cama de una y brincaba a la de otra y otra hasta donde sus capacidades físicas se lo permitían. En un día entero, por remordimiento, debía acostarse con todas las que pudiera. Sólo así traía sosiego a su espíritu. Sólo así vencía el remordimiento de no darles a todas amor por igual.

Alguna vez pensó meter a sus mujeres bajo un mismo techo. De alguna manera, ése era su plan cuando mandó a Teresa, madre de Oriundo Laredo, con María, la mujer con la que tenía tres hijos. "Ése es el estado natural de un hombre como yo", decía. Pero entendía que no era posible. Sobre todo si una de las dos se le muere y le deja un hijo huérfano.

Octavio Laredo rompió una de sus reglas muy temprano en su vida: jamás tener hijos. Se lo había jurado y no pudo cumplir. ¿Cuántas veces alguna de sus mujeres le dijo: "Octavio, tengamos un hijo"? Muchas. Siempre una misma respuesta: No. O más bien NO, con mayúsculas. No cumplió.

"Les eché a perder el futuro, aunque en ese momento no lo supieran. Les quité la libertad de abandonarme cuando quisieran", decía.

Muchas de las mujeres a las que no les dio un hijo lo dejaban un día y meses después aparecían embarazadas. Por despecho, quizás, o porque realmente querían un hijo; así se lo explicaba. Eso le sucedió tantas veces que tomó la decisión de embarazarlas… para retenerlas.

Octavio Laredo decía que, embarazadas o no, ninguna podría decirle que fue un desapasionado. Siempre hubo amor, pasión, deseo. Eso decía. Una pasión, pensaba, no se mide por el *hasta dónde estás dispuesto a ir con alguien*, sino por el *qué tanto das de ti en el momento esperado*. "Y yo daba todo, menos falsas esperanzas. Hasta que empecé a darles hijos para tenerlas amarradas a la pata de la cama y amarrarme yo también a ellas. Pero yo no me amarraba".

Octavio siempre soñó con una mujer menuda, delgada y baja de estatura, inteligente y abnegada, que compartiera todo con él (menos su gusto por las mujeres, claro). Siempre soñó que en algún momento aparecería en un bar; se verían de lejos y se acercarían, tímidos, después de varios días de coincidir.

Soñaba con ella y nunca llegó. La siguió esperando. Una mujer trabajadora y luchadora, que lo secuestrara de todas las demás porque en el fondo pensaba en la posibilidad de la monogamia; luchaba contra sus instintos y se decía que era posible tener todo en una sola mujer. No sucedió.

En sus últimos años, antes de que le diera gangrena, vivió con una sola mujer. Antes de juntarse habían sido amantes por años. Se encontraban de vez en cuando para acariciarse, para verse y platicar. Era una mujer buena, pero no una menuda, delgada y baja de estatura. De hecho, nada delgada cuando se reencontraron. Ella le reclamó en el pasado que fuera hombre de muchas mujeres; él le daba explicaciones que no la convencían y aun así seguían juntos.

Ella se distanció algunos años porque encontró un hombre y se casó. Él nunca le preguntó de ese matrimonio. Luego reapareció y retomaron las rutinas: verse de cuando en cuando, platicar, acariciarse.

Al final fue ella la que le sirvió la avena por las mañanas, o unos huevos revueltos, o unos frijoles por la noche o el guisado de las tardes, con arroz y tortillas de maíz. Ella atendió su ropa y la cama, y lo sacaba en silla de ruedas, cuando se accidentó, a los parques de Clint, cerca de donde vivieron.

En los últimos días juntos, cuando ya le habían amputado la pierna, Octavio le pedía que lo acomodara en una sombra y lo dejara allí mientras atendía sus cosas. Lo hacía muchas veces en una semana. "Déjame verle las piernas a las jóvenes mientras corren", decía. Y ella se reía. Le sacudía la silla de ruedas en señal de protesta y se reía.

Octavio veía a las jóvenes hacer ejercicio o correr por los andadores, en sus pantalones cortos y ajustados, y les sonreía. Pensaba que en algún momento aparecería esa mujer menuda, delgada y de baja estatura, inteligente y abnegada, y se lo llevaría y se recostaría en las noches con él, enroscada en el hueco de sus piernas y su pecho. Que roncaría discreta mientras él le observaba la espalda, el contorno de sus hombros ligeramente aterciopelados. Que le diría "buenos días" en las mañanas y "buenas noches" al anochecer. Que le bajaría tiernamente el pantalón para colocarse el miembro entre sus piernas. Que lo haría olvidar, de una vez por todas, a tantas mujeres y tantos hijos a los que abandonó en una vida de crápula.

Octavio Laredo, sin embargo, tampoco le fue fiel a la última aunque lo deseara tanto. Mató al perro, llamó a un servicio de taxi para que lo cruzara a México, a El Millón, a una última cita con la mujer menos apetecible de todas y a quien nadie, que se sepa, le ha dado un hijo: la muerte.

El mero Chihuahua

La caravana de la muerte

No supo, Oriundo Laredo, que la mañana fría del 27 de noviembre de 1913 su bisabuelo Aurelio Laredo salió de la ciudad de Chihuahua con prisa, tan de prisa como su cuerpo cansado se lo permitía.

Aurelio era parte de una triste caravana que se dirigía a la frontera de Ojinaga y Presidio; como a todos los demás, le presionaba el corazón la idea de que había olvidado algo. Pero no, no olvidaba nada: toda la fortuna familiar, íntegra, la llevaba consigo.

La caravana que salió esa mañana era encabezada por el hombre fuerte de Chihuahua, Luis Terrazas, quien huía de la capital ante la inminente llegada de las fuerzas revolucionarias encabezadas por Francisco Villa. Lo acompañaban las familias más acomodadas, varios extranjeros e incluso la servidumbre y sus secretarios particulares, entre ellos el mismo Aurelio, su bisabuelo. También iban seis mil oficiales y soldados leales al gobierno del dictador Victoriano Huerta, bajo el mando del general Salvador Mercado.

Ojinaga se había convertido en destino de militares derrotados, tránsfugas, empleados de gobierno desterrados y migrantes en desesperación, y por lo tanto no podía ser un destino en sí mismo.

Era, más bien, puente hacia otra parte. El alimento escaseaba —aun cuando la segunda parte de la guerra civil estaba en pañales— y los vivales hacían su agosto: vendían documentos falsos para ingresar a Estados Unidos; compraban propiedades de Chihuahua a precios ridículos y ofertaban otras en Texas, muchas veces inexistentes, por enormes sumas.

Aurelio buscaba brincar el Río Bravo hacia Presidio, Texas, para luego enfilarse hacia El Paso, donde lo esperaban su esposa y su hijo, Andrés Laredo, abuelo de Oriundo Laredo. Pensaban establecerse de manera temporal en esa ciudad, frontera con Ciudad Juárez, mientras los eventos en Chihuahua tomaban un rumbo más cierto.

Tiempo atrás, por consejo del mismo Terrazas, Aurelio Laredo había enviado a su esposa y a su hijo a El Paso. Andrés cumpliría 23 años en diciembre y un año antes se había casado con una oaxaqueña. Andrés pensaba que podría estudiar y trabajar en el extranjero durante los años de la borrasca.

Oriundo Laredo no supo que Francisco Villa se había levantado en armas tan temprano como 1910. Ahora estaba en rebeldía por el asesinato del presidente Francisco I. Madero, ocurrido el 22 de febrero de ese 1913, después de escapar de una prisión en la Ciudad de México y de emprender una caminata hasta Estados Unidos.

Acompañado de sus jefes militares Pánfilo Natera y Toribio Ortega, Villa prometía desmantelar la sociedad porfirista desde sus cimientos y eso infundía gran temor entre los terracistas. Los revo-

lucionarios brotaban por todo el estado y se unían al rebelde, y ni siquiera la vida de Terrazas estaba garantizada. Por eso la huida.

Ese mismo 1913, Villa entró por Ciudad Juárez desde Texas con ocho hombres. "El germen de la División del Norte", escribiría años después el escritor, poeta y periodista Renato Leduc. Llegaron con apenas "nueve rifles 30-30 nuevos, quinientos cartuchos, dos libras de café molido, dos libras de azúcar, una libra de sal y algunas pinzas para cortar alambre". Pero no tardaron los hombres en unirse a su reclamo. Y la bola crecía y crecía y la capital del estado temblaba.

La prensa norteamericana bautizó la huida como "la caravana de la muerte": trescientos kilómetros por el desierto, de Chihuahua hasta Ojinaga. Cuando empezó, ese 27 de noviembre, civiles y militares cargaban consigo desde animales, ropa y muebles, hasta títulos de propiedad, joyas y efectivo. Fueron abandonando muebles, luego ropa y se quedaban con las joyas o efectivo. No abandonaban la esperanza de volver, por supuesto.

La mitad de los seis mil soldados murió durante el trayecto. La mitad de los civiles también. Los que llegaron a Ojinaga quince días después de la travesía, enfermos y desmoralizados, fueron alcanzados por las fuerzas revolucionarias que los presionaban. El general Mercado debió pedir asilo político a Estados Unidos para evitar que la caravana completa fuera masacrada.

Algunos reportes indican que con la caravana iba uno de los hombres más importantes desde el

inicio de la Revolución: Pascual Orozco. Se cree que, derrotado después de una cadena de errores, iba con las orejas agachadas en la caravana rumbo a Ojinaga; luego brincaría a Texas para después reaparecer en El Paso. Orozco, perseguido en México por traición y en Estados Unidos por violar distintas leyes federales, emprendería una correría por todo Texas y hasta California antes de regresar a su patria para entregar su voluntad al dictador, Victoriano Huerta.

No supo, Oriundo Laredo, que el 11 de enero de 1914, con autorización del coronel John J. Pershing, los sobrevivientes de "la caravana de la muerte" entraron a Texas.

Mujeres y hombres de esa triste procesión fueron confinados a establos cerca de El Paso, y soldados estadounidenses les proveyeron agua y alimentos, cobijas y tiendas de campaña. Allí, en el invierno, mujeres y hombres, niños y ancianos que tenían todo y ahora nada esperaron a que jueces especiales de migración decidieran su vida.

Pero uno entre todos los sobrevivientes no entró a Texas. Uno que murió justo el día en que le autorizaron migrar. Era Aurelio Laredo.

No supo, Oriundo Laredo, que Aurelio murió en la ciudad de Ojinaga a la edad de 79 años, víctima de una pulmonía que se agravó con el hambre y el frío. Era domingo el día en que murió. La familia, que esperaba en El Paso, recibió la notificación de su deceso hasta varios meses después.

Eran dos cartas tristes que marcaron a las generaciones por venir.

Una primera, breve, estaba firmada por Terrazas, quien tenía especiales consideraciones por Aurelio. Decía:

"Ruego al Altísimo que reciba a Aurelio y lo siente a su lado. Ruego, además, que la familia tenga una pronta recuperación".

La segunda carta era firmada por Aurelio Laredo. Decía:

"Querida esposa, querido hijo:

"Debí quedarme en El Paso con ustedes, ya no lo hice y ya ni modo, ahora una vieja lesión en un pie me ha hecho perder el paso, ahora pago el infortunio de no haber acudido al médico en su momento.

"Denle gracias a Dios que sé escribir, que si no, se pierde su fortuna en el camino porque en esta carta va todo, voy camino a Ojinaga y no sé si llegaré porque el camino está lleno de peligros, llevo en efectivo conmigo todo lo que tenemos, he logrado vender cuantas cosas tenía, hasta los árboles de la casa vendí, llevamos una semana caminando de Chihuahua a Ojinaga, en la primera semana la caravana llevaba hasta muebles, grave error, la gente cree que cargará su propio ataúd, nadie carga su propio ataúd.

"He vendido lo que teníamos, hasta animales de carga, llevo una caja de valores, eso es todo, es una caja forrada de encino y por dentro de metal, una caja que lleva cuanto tenemos, que es mucho, tierras que vendí, dos tiendas que traspasé, unos doscientos animales que eran míos y otros doscientos que Don Luis me ordenó que vendiera y no para él, sino para mí, llevo efectivo suficiente para que rehagan su vida, que compren tierras y animales en Texas, que se establezcan allá mientras acá se acaba este triste zafarrancho, Villa es un asesino, un don nadie, ha destruido Chihuahua, gobernará con la venganza empuñada y no sabe qué es eso, qué es la venganza, alguien vendrá por él, le cobrará todas, pero ésa es una historia que no me interesa y que no voy a comentar más.

”Esta carta es para decirles que estoy viejo y cansado y no sé si llegaré, si me agarra la muerte en el camino existe la garantía de que les será entregada la caja con el dinero sin demora, la entrego en manos seguras, si no, queda esta carta como testigo de la herencia. Todo será cambiado por moneda corriente.

”Qué cosas hemos vivido estos años, veo a Don Luis a lo lejos en un caballo torcido, va cansado, qué necedad los que todavía llevan maletas, yo llevo esta carta, la caja y mi amor.

”Sigo mi viaje, Dios los proteja siempre.

”Los quiere, Aurelio Laredo”.

Las cartas llegaron a su destino, como se dijo, tiempo después.

Pero ni la esposa de Aurelio ni su hijo Andrés recibieron la caja de valores.

Y Octavio apenas se enteró de la tragedia y tenía una idea vaga de la fortuna.

Oriundo no supo que cuando su padre lo llamaba "millonario" para burlarse de él, en realidad se burlaba de sí mismo.

Tampoco supo que justo ese día, domingo 11 de enero de 1914, cuando murió Aurelio Laredo en Ojinaga, nacía Octavio Laredo, hijo de Andrés Laredo y padre de él, de Oriundo Laredo.

Puro bandido

Aurelio Laredo escupió sobre la cantera y la cantera caliente sintió el menosprecio. Era 1911 y tenía 76 años.

—Sólo un loco decide vivir en Ciudad Juárez —dijo—. Aquí o en El Paso. Qué necedad. Les prometo que nos regresamos a Chihuahua tan pronto como las cosas se mejoren.

Iban por la avenida Juárez rumbo a El Paso. Llegaron a la garita del puente Santa Fe. Eran tiempos de relativa paz después de las revueltas de meses anteriores, y el agente de migración apenas reparó en sus papeles.

Ya en El Paso, caminaron hacia el norte y cuando vieron a lo lejos el lujoso hotel Paso del Norte, Aurelio se detuvo, ceremonioso, y les dijo:

—Don Luis Terrazas volverá a Chihuahua en el invierno. Hay posibilidades de que esto se tranquilice, por fin. Pero nada es seguro. Ustedes sigan con el plan: aquí me esperan hasta que no les ordene lo contrario.

Aurelio volteó a Andrés, que para entonces tenía 21 años. Le dijo: "Usted está a cargo".

No dejó a su mujer la conducción de la familia porque era un hombre chapado a la antigua y creía en el rol asignado para cada quien.

Andrés no creía en el rol asignado por su padre para cada quien y de inmediato cruzó miradas con su madre, y su madre entendió que ella estaba a cargo.

Y Aurelio también supo que su mujer estaba a cargo.

—Don Luis Terrazas volverá a Chihuahua en el invierno. Ustedes siguen con el plan: aquí me esperan hasta que no les ordene lo contrario, ¿entendieron? —repitió.

—Entendimos, Aurelio —dijo ella.

—Entendimos, papá —dijo él.

Caminaron un poco más. Aurelio había ganado oxígeno con la pausa ceremoniosa.

—Orozco, Madero y Villa, papá. También don Luis Terrazas, papá —dijo Andrés de sopetón.

—¿Cómo?

—Orozco, Madero y Villa, papá. Y hasta don Luis quisieran estas tierras, papá.

Aurelio se detuvo y dio dos pasos hacia atrás; tomó a Andrés de la solapa del saco ligero de verano.

El hotel Paso del Norte estaba, para entonces, más cerca.

—Puro bandido, ¿me oye? Puro bandido. De esos bandidos vamos huyendo, de Orozco y de Villa. Por esos bandidos me estoy separando de ustedes. Puro bandido, menos don Luis. A don Luis me lo separa, ¿entiende?

—Sí, papá.

—Muchacho menso —apretó los dientes—. Bandidos y bandoleros. Eso son Orozco y Villa.

—¿Y Madero?

—Ése es un pobre diablo.

El hotel Paso del Norte acababa de abrir sus puertas. La publicidad presumía tres cosas: que había costado un millón de dólares, que su lobby lucía un enorme domo diseñado por Louis Comfort Tiffany, y que estaba construido para resistir cualquier incendio o hasta un temblor. Aunque en El Paso no temblara.

El sueldo de Aurelio Laredo le daba para eso, por supuesto, para el hotel Paso del Norte: era empleado de confianza de don Luis Terrazas, gobernador de Chihuahua, principal terrateniente del norte —y quizás de México— y el hombre con más cabezas de ganado en el mundo.

***

Para el verano de 1914, apenas seis meses después de la muerte de Aurelio, su esposa también falleció de un infarto al corazón. Andrés Laredo ya había abandonado el hotel Paso del Norte ese año para instalarse un poco más al sur, hacia la frontera, en la misma ciudad de El Paso.

Andrés alquiló un piso modesto arriba de una tienda y allí instaló a su familia, más cerca de la frontera, como si el viejo Aurelio fuera a despertar.

Dejó la escuela y se empleó como contador privado durante dos años, y después se enroló en el ejército de Estados Unidos. Dijo que para obtener la ciudadanía y no verse obligado a regresar a Chihuahua (donde la guerra seguía), pero no queda claro que así sea: tenía derechos de padre para ser reconocido como residente legal, pues Octavio, su hijo nacido en 1914, era texano.

Podría ser que Andrés Laredo, harto de la vida modesta que llevaba, cansado de buscar su herencia sin éxito, venido moralmente a menos y sin un futuro claro, decidiera poner a prueba su mala suerte en las fuerzas armadas. Y que esa suerte mala decidiera su vida.

Como sea, lejos de cualquier especulación, ese movimiento fue poco explicable, a no ser por un ánimo suicida: Andrés había escapado de Chihuahua por temor a la Revolución, pero ahora hacía fila para un conflicto armado mayor: sabían que a más tardar el año siguiente, en 1917, Estados Unidos entraría a la Primera Guerra Mundial, conocida también como la Gran Guerra y en América, en esos momentos, como la Guerra de Europa.

Aurelio recordará ese día

El hombre miró los ojos de Aurelio Laredo y encontró tanta ira que tuvo miedo de detenerse.

—*I'm sorry, I'm sorry* —dijo. Se quitó el sombrero y bajó la barbilla al pecho. Pero no se detuvo sino que se siguió, primero despacio y luego deprisa, por el pasillo del tren.

Aurelio estaba muy colorado, con los dientes apretados y los labios color de uva. Se agachó hasta casi meter la cabeza entre las piernas. Se tocaba la punta del pie izquierdo y tomaba aire dificultosamente.

—*I'm sorry, I'm sorry* —repitió el hombre muy apenado.

Era el mediodía del viernes 15 de septiembre de 1882. El calor apretaba y a lo lejos, los Médanos de Samalayuca brillaban su encanto amarillento.

El tren iba a toda velocidad: cuarenta millas por hora, sesenta y cinco kilómetros; una velocidad inédita. El convoy había salido a las diez de la mañana de Ciudad Juárez y pronto cruzó por donde las montañas de arena juegan trucos con los viajeros: salen a pasear y cuando vuelven, ya por la mañana, se acomodan en otro lado.

Aurelio Laredo no dejó hablar al extranjero. Movió la cabeza en señal de negación, como diciéndole: "Mejor váyase", o "Mejor vaya y chingue usted a su madre".

—*I'm...* —dijo el otro. Y ya no continuó.

Era Edwin Lyon Dean, en ese momento de 24 años de edad, empleado de la Mexican Central Railway Company (Division Chihuahua).

Una semana después, Edwin escribió a sus padres una carta larga que se convirtió en la única crónica que se conoce de aquel viaje histórico, el primero que realizó el tren desde la frontera con Estados Unidos hasta una ciudad mediana del interior de la República Mexicana.

"El jueves catorce [de septiembre] por la noche", les dijo, "habiendo construido tres millas de vía tanto miércoles como jueves, los rieleros llegaron a los límites de la ciudad [de Chihuahua] y el río Chuvíscar, un arroyuelo bonito con un fondo de grava y agua clara. El primero que he visto en muchos días que esté cerca de equiparar con el arroyo Wellowa".

Más adelante, en esa misma carta, contó que "todas las máquinas fueron decoradas alegremente con banderas americanas y mexicanas, y al frente de nuestro carro de equipaje dos banderas grandes fueron abrochadas de manera que éstas flotaran hacia atrás sobre nuestro coche de forma elegante".

En ese coche iba Aurelio Laredo. Edwin Lyon Dean omitió los detalles del pisotón.

"Se puede decir que Chihuahua siempre es bonita, pero en ese momento era más de lo normal en la medida que se encuentra muy iluminada", agregó en su carta. "La plaza, un cuadro pequeño definido por sus sendas afiladas por árboles que doblan sus ramas y hojas como haciendo reverencias de bienvenida, y en el centro una fuente; todo estaba enteramente cubierto por una masa de faroles chinos; con una banda de veintiséis integrantes ejecutando piezas de música encantadora. Todos los edificios frente a la plaza fueron iluminados, entre ellos la magnífica iglesia antigua frente a la plaza por el oeste abarcando toda una cuadra, lo más bello. La iluminación es producida por algún tipo de aceite que arde en las pequeñas naves formadas de barro, en las cuales la mecha flota, algo así como nuestras lámparas de noche".

No era aceite sino candelilla, un combustible vegetal utilizado de manera profusa en Texas, Nuevo México, Chihuahua y hasta Zacatecas. Después, durante la Segunda Guerra Mundial, sería utilizado para explosivos y traficado intensamente hacia Estados Unidos por redes que servirían para la exportación ilegal de mariguana, sobre todo desde Ojinaga.

Aurelio recordará ese día con todo detalle, como era de esperarse; y no sólo porque fue histórico, por sus implicaciones para la vida de Chihuahua, sino porque ese día casi pierde un dedo. El hombre lo pisó con tal fuerza que el resto de los dedos, y no sólo el quebrado, se hincharon como bollos en el horno.

Sin saber que tenía pulverizados los huesos de un dedo del pie izquierdo, al día siguiente, durante el baile que se organizó para dar la bienvenida al tren, Aurelio Laredo exclamó, torciendo la boca:

—*I'm sorry, I'm sorry.* Pendejo. Me desgració la bailada. Este golpe lo va a recordar hasta mi nieto.

Pero no lo recordaron, nunca más, ni su hijo Andrés Laredo, ni su nieto Octavio Laredo. Y mucho menos Oriundo Laredo, su bisnieto, quien no supo de este ni de la mayoría de los capítulos en la vida de su familia.

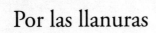

Por las llanuras

El hombre de Terlingua

El día en que conoció a Gamboa Las Vegas, Oriundo Laredo sostenía una acalorada conversación con dos desconocidos en la única cantina de Marfa, pueblo asentado en el condado de Presidio, Texas, comúnmente conocido entre los estadounidenses blancos como "la última frontera" aunque no lo fuera para los locales y los trabajadores temporales, quienes veían más bien una puerta hacia más nada, porque después de Marfa siguen más desierto y sierras pelonas hasta donde alcanza la vista.

Oriundo discutía sobre el origen del nombre Marfa. Era una conversación que le interesaba y alentaba porque le permitía exhibir su conocimiento sobre los libros, la literatura y naciones lejanas, tan lejanas como Rusia.

—No, no señor. No es un error. Se llama Marfa por Don Toyeski —decía, enfático.

Los otros, peones de campo como él, casi nunca estaban tan interesados en la historia. Oriundo los provocaba para generarles curiosidad.

—¿Y sí sabe usted quién es Don Toyeski? —afirmaba-preguntaba. La realidad es que nunca encontró quién lo supiera—. Don Toyeski era un ruso.

Siempre se creyó, hasta muy entrado el siglo xx, que el pueblo de Marfa había tomado su nombre de uno de los personajes de la novela *Los hermanos Karamázov*, de Fiódor Mijáilovich Dostoyevski. La leyenda local decía que la esposa de un alto ejecutivo de ferrocarriles se había bajado en esa estación de agua y, a petición de los lugareños, había escogido un nombre de entre sus lecturas.

Una búsqueda posterior permitió advertir, primero, que la novela se había publicado en 1880 y era imposible que el nombre de Marfa viniera de allí. Y más adelante se estableció que la esposa del alto ejecutivo de ferrocarriles leía *Miguel Strogoff*, de Julio Verne. Marfa Strogoff es la madre de Miguel Strogoff.

—Don Toyeski escribió sobre Marfa —explicaba Oriundo Laredo—. Su libro está en el museo ruso —agregaba.

Rusia, en esos años, no era Rusia sino la Unión de Repúblicas Soviéticas Socialistas. Oriundo decía que el texto de Don Toyeski estaba *en el museo ruso* porque imaginaba ese gran museo, único en todos los sentidos, que seguramente existía en el mero Rusia, porque cuando decía "Rusia" se imaginaba una ciudad antigua y majestuosa que, incluso, podría ser que ya ni siquiera existiera.

—Don Toyeski escribió de muchas ciudades y pueblos. Vino en el ferrocarril y escribió de aquí —decía.

Además, Don Toyeski podía ser don Toyesqui, porque lo de "don" —había también razonado—, era una distinción. O un nombre: Don. Cualquiera de los dos.

No es que Oriundo Laredo fuera de poco entender. Su propia historia le generaba algunas dudas que de inmediato solventaba con argumentos distintos cada vez. Una de esas dudas era cómo fue que Don Toyeski escribió sobre Marfa y luego le puso Marfa por nombre. La clásica pregunta del huevo o la gallina.

Antes de esa y otras conversaciones sobre Marfa, Oriundo había trabajado con un ranchero de Terlingua. El hombre vivía con su familia —en esa población que en algún momento del siglo xix había explotado el cinabrio— en los restos de una casona. Oriundo escuchó en el pueblo de Lajitas, cerca de la frontera, que había trabajo allá y, cuando partía, alguien le alertó que el empleador era un viejo loco. A él no le importó porque llevaba meses sin empleo y no tenía ni qué llevarse a la boca.

No le fue tan mal, en el balance de todas sus experiencias con rancheros locos, porque el hombre de Terlingua le pagaba con comida y cama por su trabajo en una pequeña labor, apenas de una milla cuadrada, que además era temporalera. Oriundo era un individuo que entendía las miserias de este mundo, y sabía que la comida no sobraba en el rancho; que el agua era un lujo e incluso conseguir cobijas en esa región era una travesía. Eso también lo evaluaba y sabía que no le iba mal con alimento y salario.

Sí notó, Oriundo Laredo, esas cosas extrañas de las que se hablaba, como que los hijos de la pareja —la mujer era flaca como un galgo abandonado en la carretera— tenían, todos, algún padecimiento físico o mental, o una combinación de ambos.

—Tenían *trabas* mentales —contaba Oriundo—. No hablaban bien y tenían enjutos los brazos, o los pies los tenían churidos.

Y en efecto, los hijos del hombre de Terlingua tenían taras mentales. Se decía que era porque se habían casado entre hermanos aunque otros, más avispados, lo relacionaban a las minas: el mineral conocido como cinabrio, *cinnabar* (en inglés) o cinabrita es básicamente mercurio. Y abundaba en la zona, aun cuando la actividad minera había terminado en la segunda mitad del siglo xix. Y el mercurio, se sabe ahora, es altamente tóxico. Aunque no está tan claro que los hijos tullidos y con *trabas* vengan del contacto humano.

Lo que sí, decía Oriundo, es que el hombre de Terlingua usaba cinabrio rojo espolvoreado en la sopa o en el guisado, en muy breves cantidades, como si se tratara de una sal de ajo o de pimienta. Creía en sus efectos curativos y, sin decirlo abiertamente, en su poder sexual.

—Ayuda en las tareas del hombre —concluía.

A Oriundo le daba mala espina esa *sal* de cinabrio.

El caso es que un día, mientras rondaba por la vieja iglesia de Terlingua —un cuarto grande hecho de adobe y madera, abandonado décadas atrás—, vio a lo lejos a un individuo que le pareció extraño. Era un indio alto y fortachón que lo miraba fijo desde una loma, con su chamarra de cuero con barbas en las mangas, comunes en un tiempo entre los llamados "indios pueblo".

72

Oriundo desvió la vista por alguna razón y a los segundos la volvió a él, pero ya no estaba.

Pues ese hombre, el indio aparecido tiempo atrás en Terlingua, se le apareció en Marfa, en la cantina, mientras discutía el origen mismo del nombre del pueblo.

—No, no señor. No es un error. Se llama Marfa por Don Toyeski, un escritor —decía Oriundo con su aire de docto, los ojos cerrados y el dedo índice parado.

Notó a uno que lo veía con atención desde una mesa cercana. Cuando los otros perdieron el interés se acercó a él y el hombre se presentó, con mucho acento:

—Soy Gamboa Las Vegas —dijo.

Esa primera noche se tomaron varios tragos. Pasaron las horas juntos hasta que el encargado les sirvió la penúltima ronda —porque la última, es sabido, se sirve antes de la muerte—, y cuando iban por la calle, muy de madrugada, Oriundo Laredo se dijo para sí: "Qué hombre más interesante", aunque Gamboa Las Vegas no había dicho una palabra.

—Supongo que no tendrá dónde dormir —le dijo. Y Gamboa Las Vegas se sonrió.

Oriundo notó que aquel hombretón era humilde de modos aunque bien podría cargar un burro con una mano y el carro con la otra.

—Venga —le dijo—. Venga conmigo. Si hay para uno hay para dos. Ya sabe usted que échele agua a los frijoles, *que se vuelven más*.

Cuando estuvieron en la barraca donde dormía, Oriundo se acomodó en el suelo y luego se puso de

pie; desenredó de entre las tantas una cobija deshi-
lachada y se la extendió.

Gamboa Las Vegas se acomodó en un rincón,
en cuclillas, y se cubrió hasta el cuello con la cobija
picosa de lana.

Oriundo espiaba de reojo por aquello del nunca
se sabe.

Luego, Gamboa se aflojó un poquito y extendió los pies. Oriundo se relajó, cayó dormido y
roncó hasta unas horas adelante, cuando despertó
alarmado porque soñaba que era millonario.

Al abrir los ojos, Gamboa Las Vegas estaba
frente a él, en cuclillas otra vez. Lo miraba fijo, a los
ojos, con una mano abierta.

Oriundo afinó la vista y vio una llave en el extremo de una cadena; y en el otro extremo había
una chapa de identificación militar, una *dog tag*,
esas placas inventadas en la Guerra de Secesión estadounidense.

—¿Qué es? —preguntó.

El otro se quedó mudo, moviendo la mano de
arriba abajo como sugerencia de que era para él y
Oriundo supo que esa llave y la *dog tag* eran para él.

Tomó la cadena y se le encogió el estómago. Se
puso de pie; expulsó un gas ruidoso y una risa ca-
llada.

—Vámonos, que ya habrá café —dijo.

Gamboa se puso de pie.

—Usted dijo que se llamaba Gamboa, ¿estoy
en lo correcto? —silencio—. Ande, pues, Gamboa.
Vamos por café. Vamos, que hay que conseguirse lo
del día. El que no trabaja no come, dicen por allí.

Ande, ande, Gamboa ¿Las Vegas? Vamos por café, que el día empieza y hay que trabajar.

Así fue que se hizo de la cadena y sus dos colguijes: la llave y la *dog tag*. Se los puso en el cuello y sin haber más preguntas empezó su día.

Y así fue que Oriundo Laredo conoció a Gamboa Las Vegas, en Marfa, Texas.

De puro marranas que son

Al día siguiente de su primer encuentro, Gamboa Las Vegas desapareció. Oriundo Laredo se dio por enterado cuando, al llegar a la barraca donde dormía, vio bien doblada y acomodada en un rincón la cobija de lana que le había prestado para la noche anterior.

Oriundo se daría cuenta con el tiempo de que ésa era una práctica común en su nuevo compañero: desaparecía y aparecía en silencio. Algunos podrían decir que Gamboa Las Vegas era un hombre insulso, hasta soso, porque en silencio llegaba y en silencio partía, y en silencio decía sus cosas sin decirlas. A Oriundo Laredo no le parecía así, que fuera soso y mucho menos insulso; sólo que era muy reservado, y ya.

Unas semanas después de su larga conversación en la cantina de Marfa, Gamboa reapareció en el campo, donde Oriundo trabajaba en un cerco de púas. Y luego desapareció por más tiempo, algunos meses quizás, y reapareció y se quedaron juntos casi un año.

Trabajaron de manera temporal en un corredor de pueblos que empieza justo allí, en Marfa, y se sigue hacia el sur, hacia Fort Davis, luego a Balmorhea y después a Saragosa hasta Pecos. A Oriundo no le gustaba Pecos y lo evitaba, a menos de que hubiera alguna razón en especial para acercarse, como el hambre o un trabajo específico con algún ranchero del cual ya llevaba nombre y apellido.

Aunque Pecos estaba habitado por viejas familias de origen mexicano o nativos, era bien conocida su animadversión con los foráneos; sobre todo con los primeros. Y fue así desde varias décadas atrás, cuando se convirtió en la capital del rodeo. Sin embargo, durante su vida, Oriundo Laredo trabajó muchas veces en Pecos porque dinero había: antes el ferrocarril, la ganadería, el algodón, las minas, y cuando empezaron a aflojar, la explotación de mantos acuíferos permitió la siembra de melones, cebollas y otras hortalizas, y allí es donde cabía Oriundo completo: era hábil con las manos y el campo se le daba.

Pero nomás no lo hacían ir Pecos sin respingar. Y el tiempo le dio la razón. Y Gamboa Las Vegas fue testigo. Un ranchero, dueño de parcelas con melón, lo despidió por platicador; le retuvo el pago y llamó a la oficina de migración. No sabe bien cómo estuvo pero, cuando lo agarraron, vieron su chapa colgada al pecho, Oriundo y Gamboa se fueron rumbo a Fort Stockton y allí, el que les sirvió la cerveza les contó más de Pecos.

—Puro ratero vive allí, en Pecos —les dijo.

Oriundo se interesó.

—¿Qué no sabe? —el hombre le aplicó una pregunta, como él mismo lo hacía cuando contaba una historia.

—No, ¿qué?

Le contó que un tipo conocido como Billie Sol Estes, originario de Pecos, fue enjuiciado y encontrado culpable por un fraude multimillonario.

—¿Y quién cree que era socio de ese Billie Sol Estes?

—No sé.

—El entonces vicepresidente Lyndon B. Johnson.

—¡No! —dijo Oriundo Laredo asombrado, aunque no sabía bien quién es o era Lyndon B. Johnson.

—Sí.

—Pecos está podrido.

—Pecos está podrido —repitió el otro, con mucho resentimiento.

Oriundo contaría muchas veces esa historia de Billie Sol Estes y del *Presidente Beyonson,* con algunos agregados que le permitían enfatizar su campaña permanente contra Pecos.

—Puro bandido, asaltante y violador. Pura *Soloma* y *Comorra* —decía.

Había escuchado tiempo atrás que Sodoma y Gomorra, de donde fueran esas señoras, eran de lo peor.

Lo más importante, sin embargo, es que ese día, bebiendo con aquél de Fort Stockton, se preguntó de dónde era Gamboa Las Vegas. "¿Y si es de Pecos?", se dijo, porque no tenía en claro el origen de su amigo, aunque se hizo a la idea de que era comanche o apache o manso o mescalero o chiricagua o lo que fuera. "Indio pueblo", como dirían los gringos.

Poco después, en Odessa, contó a varios jornaleros, borrachos agresivos, que su amigo había nacido en Mobeetie, Texas. Su intención era infundirles miedo o por lo menos cautela; quería que supieran qué tan rudo era su acompañante, por si brincaban a los golpes.

—De allí viene Gamboa. De Mobeetie. Y sobrevivió a eso y aquí lo tienen, vivito y coleando. Con decirles que en Mobeetie hay un barranco al que las mujeres lanzan a sus chavalas recién nacidas si les salen prietas. Saben que de todas maneras no van a sobrevivir y mejor las tiran. Aunque sean chavalos. Así es la vida en Mobeetie. Puro pinchi gringo mal cocido. Puro de ese gringo del que viene a dar de chicotazos —contó.

Como Gamboa Las Vegas no lo desmintió, el tiempo se encargó de darle una reburujada a la historia y ya no supo si él o el otro la habían contado.

No todos se compraban esa historia porque es sabido que Mobeetie, Texas, es un pueblo exclusivamente para blancos. Y así fue desde que se fundó, a finales de los 1800, con soldados activos o retirados, cazadores de búfalos y de indios, hombres de negocios y prostitutas arrastradas de lugares tan lejanos como Houston. Imposible que un indio llegara a embarazar a una blanca, pues.

—De allí viene Gamboa Las Vegas, señores. De Mobeetie. Y se la pela cualquier pinchi blanquito, para que lo sepan. Un día yo vi cómo tomó a uno del cráneo y de la quijada y lo partió en dos. A uno de esos gringuitos que nomás vienen a dar de chicotazos, que se duermen temprano y se les salen las mujeres por la ventana del baño para chupársela a los negros de puro gusto, de puro marranas que son las pinchis viejas de los gringos —dijo, y escupió fuerte en el piso.

No a todos les hacían gracia esas historias de Oriundo Laredo, o su estilo de hablar a gritos y con manotazos, pero lo respetaban. Los que trabajan en el campo, entre Texas y Nuevo México, prefieren no meterse en problemas porque —y eso es también sabido— los *rancheros blanquitos* de los que hablaba Oriundo son unos verdaderos cabrones: pagan poco y al menor desorden corren gente y se guardan la quincena.

—De allí viene Gamboa Las Vegas, amigos. Del norte más norte hasta casi llegar a Nuevo México. No, más hasta allá, hasta Oklahoma. De Mobeetie, pues. Lo abandonó su madre blanca y sobrevivió en el barranco desde chavalo, comiendo hasta basura. Lo abandonó la muy puerca porque se enredó con un indio y le daba pena que la descubrieran —abundó Oriundo.

Y como notó que Gamboa no decía una palabra, esa historia de su origen fue la que se quedó.

Desde entonces, Oriundo Laredo sentía que su vida no era la gran cosa frente a otras peores, como la de Gamboa Las Vegas. Incluso disfrutaba, de manera que no podía explicarse, que a Gamboa Las Vegas lo hubieran abandonado en un barranco de niño; que tuviera también sangre de blancos y que sobreviviera comiendo hasta basura.

—Pobre Gamboa —se decía—. Qué vida más dura ha llevado.

Todas las fortunas se hacen dos veces

Algunas veces, por lo regular de noche, Oriundo Laredo pensaba en su madre. Pero rápido espantaba los recuerdos; los empujaba fuera de las cobijas con los pies o tosiendo escandalosamente fuerte.

También pensaba en *su familia*, la única que conoció. Se decía que si juntaba algo de dinero podría ir a su casa y aparecerse y fingir cualquier cosa. Les llevaría dulces, paletas, nieve y papas fritas. Además de comida, mucha.

Los había dejado de ver años atrás; realmente muchos: desde que su padre fue por él y se lo llevó a El Millón. Pensaba en ellos, en sus medios hermanos, como si todavía fueran unos chiquillos y por eso quería llevarles dulces, paletas, nieve y papas fritas.

Se animaba a ir a buscarlos y caía en dudas; y no porque no supiera dónde encontrarlos, sino porque también recordaba su rechazo. Nunca lo aceptó la tal María y los chamacos, unos cinco, eran malos con él. No lo llamaban por su nombre, por ejemplo.

Oriundo evitaba recordar, sin embargo, que durante sus primeros años no tuvo nombre sino hasta mucho después, ya mayorcito. Rechazaba también todo mal recuerdo de sus medios hermanos. Que lo estrujaran era cosa de niños, se decía. Así son todos los niños con otros niños, se convencía, aunque él, de chico, fuera quieto y entendido.

Alguna vez Oriundo Laredo probó trabajar en la ciudad. Se fue a El Paso y se empleó en una tienda de la calle Stanton, en el centro, en plena Navidad. Se empleó como Santa Claus. Lo despidieron al segundo día.

—¡Jo, jo, jo! —le decía el dueño, un chino que apenas hablaba español y nada de inglés.

—¿Y por qué me tengo que reír? —decía Oriundo.

—¡Ría! ¡Mueva brazos y ría!

—¿Qué no le parece suficiente con que toque la campana, chingao? —argumentaba Oriundo.

—¡Que ría! —le gritaba el chino, desesperado.

Lo corrieron. Se echó a andar, pensativo, por toda la calle Mesa hacia el este. Pensaba irse de aventón hasta Fort Hancock, un pueblo que hace frontera con El Porvenir, Chihuahua, y luego hasta Esperanza, donde conocía unos campos de algodón. Cuando menos pensó ya estaba a una cuadra de la casa de María, una de las mujeres de Octavio, su padre.

Tiempo atrás había trabajado más al norte en Texas, en las llamadas Grandes Llanuras. Se había establecido en Lubbock, donde conoció a un granjero —dedicado exclusivamente al algodón— que lo tomó en buena estima. Era un viejo muy reservado, bautista de religión, con seis hijos altos como varas de río, ya casados y con sus propias familias.

Los antepasados de Thomas Saltus Turner llegaron a la región unos cien años antes. El viejo guardaba en su casa armas de cuando su bisabuelo o tatarabuelo había formado parte de los Texas Rangers y antes, del Ejército Confederado. Y entre todos esos tesoros conservaba, en perfecto estado, un sable mameluke utilizado por los marines y otra espada corta de dos filos, de unos quince centímetros, fabricada en 1832 y conocida como "de artillería de a pie".

El hombre hablaba mucho con él, con Oriundo. Le pasaba tips del algodón; comentaban cosas de la vida, del campo. Thomas Saltus Turner se llamaba así en honor al fundador de Lubbock, Thomas Saltus Lubbock; tenía una riqueza considerable en tierras pero vivía como un *yankee* más, con botas, pantalones y camisas desgastadas por años de uso.

—Todas las fortunas se hacen dos veces, Oriundo —le dijo un día.

Él no entendió bien a qué se refería y el viejo le explicó: "Todos recibimos una herencia. A mí, por ejemplo, me dejaron estas tierras pero, más importante, me enseñaron a trabajarlas y a guardar el agua para la sequía. Aquí, desde Canadá hasta México, llegan las sequías cada cinco años; a veces cada seis o cada cuatro, pero llegan. Por eso hay que saber guardar el agua; usar sólo la necesaria. La fortuna que me dejaron no sería nada si no puedo cultivar; si no puedo sembrar porque no tengo el dinero para pagar hombres o agua suficiente. Un buen hombre sabe que una fortuna heredada se desmorona con facilidad; una fortuna que viene de la enseñanza se conserva y crece. Por eso, todas las fortunas respetables se hacen dos veces".

En otra ocasión, el viejo Thomas Saltus Turner le explicó por qué Estados Unidos iría, inevitablemente, hacia la quiebra.

—Velos. Velos nada más: todo es desechable en este país. La gente come basura envuelta en basura.

Luego le mostró su taza de peltre y le dijo:

—Esta taza fue de mi padre. Nunca he gastado en una taza o en un vaso. Nunca. Pero tú pasas por las esquinas y ves miles y miles de vasos desechables porque son baratos. No son baratos; los pagas una y otra vez y nunca son tuyos. Y métete a los refrigeradores de la gente en las ciudades; métete para que veas toda esa comida que se va a desperdiciar. Mi padre secaba carne y frutas; mi madre envasaba verduras y hasta pollitos tiernos. Esos envases se volvían a utilizar y no se tiraba una cucharada de comida: todo nos costaba sudor, ¿quién iba a tirar a la basura unas verduras envasadas con tu propio sudor el otoño anterior? Este pueblo está condenado al fracaso por todo lo que desperdicia; por todo lo que se bebe inútilmente y mea; por todo lo que come y caga; por todo lo que utiliza una vez y lanza a la basura. Ya verás en los años por venir lo que te digo. Ya lo verás porque eres joven: el fin de este pueblo está cerca. Demasiada risa, demasiada diversión, demasiado derroche. Las siguientes generaciones deberán aprender a trabajar otra vez y a ahorrar o se van a ir directito a la mierda. Ya lo verás con tus ojos. Viene una gran sequía y no estamos acumulando provisiones. Al contrario: viene la sequía y abrimos la llave del agua para que corra. Las siguientes generaciones recibirán de nosotros una fortuna; una nación fuerte y poderosa que se hizo con esfuerzo y recato. Pero todas las fortunas se hacen dos veces, Oriundo. Todas. O se acaban.

Frente a la casa de María, recordó las palabras de Thomas Saltus Turner. Y no es que viera algo en particular; no veía nada extraordinario en esa casa, fuera de cuatro carros destartalados sobre el jardín y unos columpios oxidados, y botes de basura atestados y unos cuatro pares de patines arrumbados en lo que habría sido, quién sabe cuándo, un jardín.

Oriundo Laredo no se atrevió a tocar.

Tomó camino hacia Fort Hancock y pensó en cruzarse a El Porvenir, Chihuahua, y luego dirigirse a El Millón, de donde había salido el día en que murió su padre, el domingo 11 de enero de 1970.

Manjar de *yankee*

Oriundo Laredo abandonó un tiempo su vida nómada después del episodio de El Paso. Se fue a vivir a Albuquerque, Nuevo México. Tomó un empleo estable en un supermercado, el Correcaminos Goods, atendiendo carga y descarga de la bodega. Era una empresa administrada por una familia de coreanos que vivía en la parte de atrás, donde se había construido una cocina y dos recámaras breves pero cómodas, aunque siempre muy revueltas, y eso lo podía decir el mismo Oriundo porque pasaba todo el día por allí con el montacargas.

Los coreanos tenían otros negocios en apariencia muy lucrativos, porque de cuando en cuando llegaban autos del año —y no sólo del año, sino de lujo—, de los que bajaban hombres de traje con guardaespaldas y toda la cosa. Oriundo ni siquiera les dirigía la vista; pasaba de largo y se dedicaba a lo suyo, que no era poco: todo el día cargaba y descargaba cajas y cajas.

—Pinchis gringos cómo tragan Fritos, costillas de res y Coca-Cola —le contó un día a su rentero, quien era parlanchín pero sabía tomar distancia.

—¿Por qué lo dice, Oriundo?

—Porque sí. Porque es lo que más compran, los hijos de la tiznada. Bolsas y bolsas de Fritos. También tragan burritos congelados por toneladas, Joe.

—¿Los gringos?

—Sí. Burritos y costillas de res. Pero más Fritos.

El hombre se llamaba José y por alguna razón se decía Joe.

—¿Y no ha notado cosas raras en esa *marqueta*? —le dijo un día el rentero, que hablaba mal el español y peor el inglés.

Usualmente, Oriundo se quedaba en *presidios*, como llaman en algunas partes de Texas a las vecindades. Pero como tenía un empleo estable y el hotel era modesto, había decidido quedarse allí.

El mercado daba a una calle principal de Alamogordo, con camellón y *luces*, como le dicen a los semáforos. En la parte de atrás estaba la bodega, y luego un lote sin un árbol, enorme, como estacionamiento. Los coreanos se habían construido esa especie de departamento dentro de la bodega.

Luego del estacionamiento había otra calle de sólo dos carriles. Y cruzando la calle, estaba El Rancho Inn, donde Oriundo vivía. El hotelillo tenía un departamento grande enfrente, que usaba Joe, y atrás, ocho cuartos con cocineta y baño ocupados la mayor parte del año. Aun así, siempre llegaban extraños a preguntar si tenía vacantes porque abajo del letrero de EL RANCHO INN estaba el de SORRY NO VACANCY, pero las primeras dos palabras estaban apagadas por alguna razón, de tal forma que, de noche, brillaba el VACANCY.

Troqueros y traileros llegaban de madrugada y despertaban a Joe, el administrador del edificio, y Joe no arreglaba el letrero.

—¿Que si he notado cosas raras? Pues no. La bodega apesta a ajos y cebollas por lo que cocinan, pero eso no es raro.

—Mmmh —le respondió Joe.

En ocasiones, Joe y Oriundo se sentaban en unas sillas plegables enfrente del hotel durante horas a beber en silencio. Veían hacia el estacionamiento del mercado.

—¿Otra? —preguntaba uno de los dos; se llevaba las botellas vacías y regresaba con otras.

Un día, Joe le preguntó a Oriundo que si había probado suerte más hacia el norte.

—¿Hacia el norte? ¿Adónde?

—A Oklahoma, por ejemplo. O más lejos.

—¡Pf! —escupió Oriundo en el piso y se agarró la entrepierna—. Claro que he ido más al norte.

Pero no abundó. Y Joe no preguntó más.

Fue el día en que Oriundo Laredo recibió una extraña llamada por teléfono. Le marcaron al hotel, al departamento de Joe.

—Te llaman —le dijo. Había ido por cervezas cuando llegó la llamada.

Oriundo se puso de pie.

—¿Me llaman? —dijo extrañado, y volteó a ver hacia el mercado.

El otro se acomodó en su silla plegable y le apuntó hacia la entrada de su departamento.

—*Phone, man* —le dijo.

—*Phone?*

Entró a la casa. Notó que Joe tenía como cinco maletas bien acomodadas, todas negras. No se extrañó porque, al fin nómada, había visto toda suerte de rarezas con gente que viaja y vive empacando.

—¿Bueno?

—*Mister Orano?*

—No, no soy *mister Orano*. Soy Oriundo Laredo.

—Oriundo, okey —confirmó la mujer del otro lado del teléfono—. Mire, am, mire, am. Estoy buscándole porque, am, tiene que venir a retirar lo que guarda en su *self storage*.

—*Self storage?*

—Sí, am. Lo que sucede es que este almacenamiento, am, va a cerrar *next year*. *So*, am, tiene que retirar lo que guarda aquí con nosotros o vamos a enviarlo, am, a Houston.

—¿A Houston?

—A Houston, am. *We are really sorry, sir* —y colgó.

Oriundo salió desorientado. No recordaba haber guardado nada en almacén alguno.

Le contó a Joe y Joe le dijo que fuera, que quizás se tratara de las cosas de algún muerto de su familia. Que eso era común.

—O quizás sean cosas de Gamboa.

—¿Quién?

—Gamboa Las Vegas. Un amigo. Un compañero de viajes.

—Ah.

Oriundo fue retirándole la palabra a Joe poco después de aquel episodio porque un día se lo encontró haciendo compras en el Correcaminos Goods y no lo saludó. Y porque notó cosas raras y no quiso meterse en problemas.

—¡Hey, Joe! —le dijo él. Acomodaba bolsas de Fritos.

Joe se dio la vuelta. Iba vestido además en forma muy chistosa: con lentes oscuros y con sombrero, cuando en El Rancho Inn andaba de guaraches de hule y a veces, cuando hacía calor, con una camiseta con perritos estampados que decía: ALAMOGORDO BARK PARK.

Ese día lo siguió con la vista y notó que se dio la mano, afuera del hotel, con otro que se parecía a Chuck Norris, el actor que da karatazos a diestra y siniestra. No le dio buena espina. Mejor lo evadía; llegaba al departamento y se encerraba a ver televisión, o salía a caminar o al cine. Ya no le tocaba ni para ir a comprar cerveza.

Varios meses después del episodio con Chuck Norris, Joe le tocó la puerta. Iba vestido otra vez con lentes oscuros, pantalones de mezclilla y una camisa negra muy bien planchada.

—Hey, Oriundo.

—*Hey, Joe, what's up!*

—Mira, Oriundo, le debes al hotel unos seis meses de renta.

—Lo sé. Pero tú mismo me dijiste que no te pagara hasta después.

—Sí, sí —lo interrumpió—. Pues ya no le debes nada, ¿okey?

—¿Por qué?

—Tómalo como un *gift* de tu amigo Joe.

—*A gift?*

—*A gift, man* —hizo una pausa.

—¿Y eso por qué?

—Así pasa, *man*. Eres un buen hombre, *you know? So take it easy* —y le extendió la mano.

Oriundo se quedó parado, observándolo mientras abandonaba el edificio de departamentos por el pasillo estrecho que daba a la salida.

Joe se dio la vuelta y le dijo, algo impositivo, apuntándolo con un dedo:

—*Hey, Oriundo, and don't go back to the market, man.* No regreses ni hoy ni mañana. Lo van a cerrar.

Y se fue. Y lo cerraron. Apenas unos minutos después, quizás una media hora, se hizo un escándalo en el estacionamiento del supermercado Correcaminos Goods. Llegaron patrullas y montones de policías vestidos como soldados pero de negro, con pistolas de rayos o algo así, o eso le pareció a Oriundo. Se llevaron a los coreanos esposados.

Vio todo desde el hotel. A paso veloz se metió a su departamento e hizo una maleta. Salió por atrás, por donde pasan los camiones que recogen la basura, y tomó primero sin rumbo y luego a la estación del Greyhound.

Oriundo salió de Alamogordo cuando caía el sol. Tenía boleto hasta Canutillo, una comunidad localizada entre El Paso, Texas, y Anthony, Nuevo México, casi en la frontera mexicana. Como Mesilla, Las Cruces, San Ysidro y Doña Ana, Canutillo fue parte de la ruta del ferrocarril Atchison, Topeka and Santa Fe Railway, y en los últimos años, gracias a la agricultura —y a una enorme apuesta por las nogaleras—, atraía trabajadores temporales a sus campos.

Alguien le dijo que en Chamberino, cerca de Canutillo, había un rancho donde podría trabajar en el chile, el algodón o la nuez. Meses atrás se había despedido de Gamboa Las Vegas en el cruce de la Ruta 85 y la Interestatal 10, justo en Las Cruces, así que tenía la esperanza de volverlo a encontrar allí o en campos cercanos, muchos dedicados al cultivo de chile colorado y Anaheim.

También quería irse hacia el norte, a las llanuras de Texas; probar suerte en Amarillo y buscar sus viejos contactos en Lubbock. Pero como ya iba a la altura de Servilleta, su única alternativa era tomar la carretera 380, que pasa por la Reservación Mescalero y luego por Roswell. Y no confiaba en Roswell. Años antes escuchó que en ese pueblo "bajaban las brujas a tomar agua". Se refería, por supuesto, al llamado "incidente OVNI de Roswell", que data de 1947. No entendió bien a bien a qué se referían con *visitas extraterrestres* y todo lo redujo a cosas de magia negra o fantasmas. El caso es que no arriesgaba su estrella por Roswell y prefirió seguir su camino hacia Canutillo o Chamberino.

La pregunta de Joe, de que si había probado suerte más al norte, le hizo recordar su breve estancia en Oklahoma, al norte de Texas. No le dio detalles a aquél porque en realidad la había pasado muy mal.

Al sureste de Amarillo, cerca de Wichita Falls y todavía más cerca de Oklahoma City (esto es arriba de Dallas), hay un pueblo de infausta memoria para Oriundo Laredo, llamado Lawton, donde los descendientes de mexicanos o indios americanos son apenas una minoría aunque está asentado en una antigua reservación de los pueblos kiowa, comanche y apache. Es parte del Fuerte Sill, y este dato no viene nada más porque sí: fue desde allí de donde salieron las tropas que sometieron, en el siglo XIX, a los últimos antiguos pobladores libres de las praderas. El nombre del pueblo viene del general Henry W. Lawton, quien fue parte en la persecución y captura de Gerónimo, uno de los grandes guerreros apaches. Allí se fue a meter, atraído por un empleo en construcción.

Oriundo Laredo se sorprendió por la cantidad de blancos que trabajaban como peones de las constructoras. También notó la gran cantidad de pobres entre ellos, y cuando él pensaba en pobreza hay que entender sus rangos de medición. De inmediato abandonó el español pero sirvió de poco: por su acento lo llamaban *wetback*, espalda mojada. Procuraba comer aislado del resto o de plano brincarse la hora de comida; ignoraba los insultos y primero se ofrecía para las horas extras aunque después las rechazaba, porque por unas y por otras le lanzaban advertencias.

Por fortuna, el odio no pasó a mayores. Una noche llegaron al hotel de paso donde se quedaba, sobre la calle Sheridan, muy cerca del Fuerte Sill y del aeropuerto. Eran unos diez anglos, compañeros de él en la obra. Preguntaron en la administración si allí se hospedaba y luego se estacionaron en dos trocas, enfrente, en la calle. Bebían y escuchaban música. El empleado de la recepción marcó a Oriundo y le dijo, muy tranquilo, que era mejor que no saliera de su cuarto; le comentó que les había dicho que sí se hospedaba allí pero que no estaba.

Oriundo no se la pensó dos veces: salió por la ventana del baño con una mochila al hombro y tomó la Sheridan; cruzó frente al aeropuerto de madrugada y se siguió, caminando a paso veloz, hasta que topó, cuando amanecía, con la autopista. Después de varios kilómetros, una pareja de blancos lo subió en la caja de su troca. Primero le pasaron una taza de café de termo; luego, una pieza de *corn pone*, pesada por la mantequilla.

Curioso que el nombre de ese pan de maíz, cuyo consumo está extendido (como el *cornbread*) entre los *yankees* de las mesetas del centro de Estados Unidos, sea utilizado también como peyorativo. Se le dice "*corn pone*" al blanco poco sofisticado o ignorante del sur.

Pasaron por Chattanooga, luego por Vernon. Cuando llegaron a Chillicothe, Oriundo decidió bajar porque la ruta de la pareja era Eldorado, un poco más al norte. La mujer, que iba en el lugar del copiloto, abrió la ventana de la troca y le dijo: "*God bless you*". Le entregó una bolsa de papel donde venía el resto del *corn pone,* que parecen gorditas de maíz porque se prepara directamente al fuego sobre una sartén.

Oriundo Laredo tomó la bolsa y encontró, además, dos billetes de diez dólares que de inmediato sacó con los dedos y se los regresó.

—No, no —dijo.

—¿Por qué? —dijo ella, algo extrañada.

—El *corn pone*, sólo el *corn pone*. Con este pan tengo para llegar hasta Abilene.

Sacó un pedazo y lo mordió frente a ellos, cerrando los ojos en señal de gusto.

—¡No voy a encontrar un *corn pone* más delicioso, nunca! Pero dinero sí, con trabajo —dijo, y les mostró su mano izquierda llena de callos y rasposa como piedra pómez.

Curioso también que al sur de Lawton se hallan, casi a tiro de piedra, dos pueblos de nombres notables: Gerónimo y Chihuahua.

En 1882, cuando el bisabuelo de Oriundo Laredo era un viajero distinguido en el primer tren —de manufactura norteamericana— que llegaba a la ciudad de Chihuahua, Gerónimo huía de la reservación chiricahua justamente hacia el estado mexicano de Chihuahua, perseguido por el general George "Lobo Gris" Cook.

Luego, durante los siguientes años, Gerónimo inició una guerra de guerrillas contra los ejércitos mexicano y estadounidense. Los traía en jaque y lo tenían con hambre. Iba acompañado de sus brazos derechos en ese momento: Mangas Chihuahua, hijo de Mangas Coloradas, y Nana, ya muy viejo y cansado.

Cook recurrió a dos nativos para seguir los pasos a Gerónimo: Chato y el joven Alchise, hijo de un líder indoamericano legendario: Cochise.

Harto y hambreado, Gerónimo se entregó finalmente a Cook, quien le prometió un exilio temporal en Florida y no le cumplió.

Cuando se encontraron para firmar la capitulación, el indio guerrillero dijo, simplemente:

—Antes me movía por allí como el viento. Ahora, me rindo a ti. Eso es todo.

Un último detalle de su fuga de Lawton: la pareja de estadounidenses se detuvo brevemente en la carretera para conversar con Oriundo. Ella, de unos sesenta años aproximadamente, le extendió una dirección cerca de Anthony, Nuevo México. Le dijo que se presentara con su padre y que le diera su nombre; que era el dueño de una nogalera que daba empleo a mexicanos o indios pueblo. Le comentó que los hombres trabajadores, *"like yourself"*, progresaban con su padre.

Oriundo les agradeció con abrazos y fiestas tantas consideraciones, y se quedó parado en la carretera, viendo la troca y agitando su mano en señal de saludo, hasta que se perdió en el horizonte.

La pareja perdió la vida pocas semanas después de aquel encuentro, muy cerca del lugar donde se habían despedido. Un camión de Greyhound extravió el rumbo en medio de una tormenta de arena —conocida entre algunos mexicoamericanos como "simún" o "simona"— y los impactó de frente.

Ella pudo haberse salvado, pero la tolvanera era tan espesa que dificultó el rescate.

Oriundo la recordará siempre con una sonrisa amplia, porque era un hombre agradecido que sabía el alto valor que tiene la buena voluntad de los extraños.

Demonios en el polvo

Oriundo Laredo se detuvo de golpe. Volteó de lado a lado con las manos en la cintura, haciendo un chistoso jarro de tan flaco.

—Algo no me cuadra —dijo preocupado y se llevó los dedos al mentón. Volteó otra vez a diestra y siniestra tratando de descubrir detalles, infructuosamente.

Él y Gamboa Las Vegas estaban parados en la esquina que hacen las calles San Jacinto y San Luis, en el centro de Chamberino, Nuevo México. Desde ese punto veía entre cinco y siete árboles, y el resto eran matorrales y arena.

—Algo no cuadra —repitió Oriundo—. Este pueblo está destartalado.

Y, en efecto, Chamberino era un desastre, o algo muy parecido a un desastre. Polvo, polvo y más polvo. Tenía unas diez cuadras y cada cuadra estaba dividida en cuatro lotes con una casa por lote. La mayoría de las viviendas eran una combinación de viejos *mobile homes* y paredes agregadas de yeso para dar forma a otros cuartos. No había gallinas. No había tiendas sino una, la de la gasolinera, a la salida del pueblo.

En el corazón del caserío, un terreno que ocupaba varias cuadras era, porque así lo decía un letrero escrito a mano, EL CAMPO DEPORTIVO. El letrero estaba en español. Eran sólo rayas pintadas con cal sobre la arena para simular un diamante de beisbol.

—¿Por esta zona pasan tornados? —preguntó con honestidad Oriundo Laredo a Gamboa Las Vegas—. Ni en los vados del Valle de Juárez está tan jodido, pues.

Por Chamberino, Nuevo México, no pasan los tornados. O no pasaron en el último siglo, cuando menos.

Desde su llegada, Oriundo notó que los seguían discretamente. Primero con la vista, desde los pórticos o desde las ventanas desvencijadas. Luego a pie. Uno, dos a pie y de lejos.

Hasta que cuatro o cinco se juntaron en esa esquina de San Jacinto y San Luis, en el centro de Chamberino, Nuevo México.

No podría hacer otra cosa que enfrentarlos.

—Buenos días —dijo Oriundo Laredo amable y, en voz baja, se dirigió a Gamboa Las Vegas: "¿Son buenos días?"

Ninguno de los cinco o seis respondió.

—Disculpen, amigos —insistió Oriundo Laredo—. Venimos a la nuez, pero parece que hemos dado con el pueblo equivocado.

Uno de entre los seis o siete respondió:

—Aquí nadie viene a la nuez, amigo. Vienen a la hortaliza. Pero usted no se ve como alguien para las hortalizas —y eso último fue dicho como una ofensa.

Los hombres, con camisetas blancas fajadas llenas de agujeros y con cinturones gruesos y botas, fueron caminando hacia ellos inclinando de lado las cabezas coronadas con sombreros y algunos escupiendo en el suelo ruidosamente.

"¡He! ¡Heee!", hacían ruido con la garganta, y lanzaban escupitajos de enfermo o fumador crónico que, de tan espesos, no podrían sostenerse en una pared. "¡He! ¡Heee!", decían, hasta que estuvieron frente a Oriundo.

Ya eran unos ocho o nueve. Miraban a Oriundo sin mirarlo, ocultos los ojos bajo el ala de sus sombreros texanos, unos Stetson de los que llevan como banda una cinta gruesa que termina en dos notorias puntas cruzadas. Pero los Stetson de esos que ya eran nueve o diez no eran Stetson; eran trapos deformados color caca deslavada y literalmente se caían a pedazos.

—¡He! ¡Heee! —dijo el que estaba mero enfrente, y escupió ruidosamente sobre el polvo—. ¿Qué hace usted aquí, oiga?

Oriundo Laredo dio un paso al frente. Se puso a unos centímetros del que preguntaba y le clavó la vista recia, porque Oriundo tenía una vista recia si quería, y a veces quería.

Oriundo les enseñó la palma de la mano derecha vacía, como lo hace un mago. La dirigió lentamente a su chamarra de mezclilla y cuello de borrego y se desabotonó. La metió cuidadosamente y algunos dieron un paso para atrás, imaginando que quizás traía una pistola.

Sacó, con dos dedos y extremada finura, una hoja de papel magullada y se las mostró.

Se voltearon a ver entre ellos. Quedaron en silencio por un minuto, aproximadamente, hasta que a lo lejos se escuchó el pitido de un tren.

Oriundo se sacó el sombrero, también texano. Era un Resistol desvencijado que había perdido muchas batallas de cantina. Habría sido un Wide Open o un Hick Town —aunque era difícil saberlo ya—, con tres orificios de ventila en la copa.

El pedazo de papel, que era una dirección, parecía haberlos congelado.

En esos momentos de silencio, Oriundo descubrió que los hombres soltaban gases ruidosos sin hacer una mueca. Gases tronados, uno después del otro.

Hizo lo mismo y entonces se rompió el hielo.

—Si traen algo de beber, pues le decimos.

Oriundo se quedó en silencio.

—*Bir* —dijo otro, levantándose el sombrero para verlos mejor: lo traía tan agachado que le estorbaba.

—Nada de cerveza, amigos. Sólo traigo tristezas —dijo Oriundo.

Hicieron otro silencio, que entre los rancheros de esa región no son nada del otro mundo.

—Pues tendré algo en casa, no sé —dijo uno al que llamaban Luis, levantándose el sombrero también para ver mejor.

Los sombreros podrían ocultar sus ojos y hacerlos ver más temerarios, pero les tapaban la vista.

—¿Tienes algo en casa, Luis? —dijo otro, y al quitarse el sombrero se pudo ver el rostro de un adolescente afectado por la adicción, la que fuera.

Otro se jaló el sombrero para atrás y todos lo hicieron al mismo tiempo. Para entonces el foráneo ya no era el tema allí, sino el trago.

—Vamos, pues. A ver qué tiene Luis en su casa porque me pareció escuchar que ayer no tenía nada.

—Nadie preguntó —dijo ése al que llamaban Luis.

—Pero eso ni se pregunta, Luis —reclamó un tercero.

Caminaron, pues, con rumbo a la casa de Luis. Dejaron a Oriundo Laredo detrás.

—¿Vienen? —dijo un gordo chaparrito que traía caladas unas botas que algún día habían sido de charol blanco. Al invitarlos soltó un gas tan ruidoso que otro reaccionó, con tono de sorna: "¡Ah, jijo! ¡Ah, bár-ba-ro!"

—Pues vamos —respondió Oriundo.

La casa del tal Luis era la mejor de la cuadra. Y eso de "mejor" hay que tomárselo con reservas: era una casa rodante o *mobile home* como todas las demás. Todavía tenía las ruedas infladas, es decir, era de unos diez o quince años antes. El *mobile home* entero lo había convertido en sala-comedor, y atrás se construyó una recámara alargada como una salchicha porque seguía la arquitectura de la casa rodante preconstruida.

Luis vivía solo, se notaba, porque se nadaba en latas que alguna vez tuvieron cerveza y sobre la mesa había una bolsa de plástico llena de mariguana.

Hablaron de mucho esa tarde; de la pizca del algodón, de cómo sus familias habían llegado unos

setenta años antes, atraídas por el Programa Bracero, a las llanuras que se extienden junto al Río
Grande.

—Cada libra de algodón se pagaba a uno veinte. Eso cuenta el abuelo. Si te chingabas el lomo
duro, de sol a sol, se juntaban unos cinuenta dólares a la semana, y estoy hablando de semanas de
seis días.

Oriundo intervino:

—Decían que los de La Laguna eran bárbaros
para la pizca de este lado.

Causó indignación. Muchos repelaron hasta
que el dueño de la casa, el tal Luis, intervino:

—Mire, Oriundo-o-como-se-llame, para qué le
voy a decir que no si sí: los de La Laguna eran buenos; los mejores entre ellos eran de Torreón. Pare-
cían plaga, los condenados: llegaban a un algodonal
blanco y lo dejaban gris. Bárbaros, los canijos. Pero
la verdad, la verdad es que los del Valle de Juárez
eran cabrones.

—Claro —dijo Oriundo—. De allí soy yo.

—Cabrones —retomó el otro sin hacer caso
a Laredo—. Pero tenían mucha competencia con
los de Delicias. De allí vino mi familia. Y los de
Meoqui, los de Saucillo, los de Rosales. Bár-ba-ros.
Los granjeros de Texas y de Nuevo México se pelea-
ban a esos hombres. Buenos, buenos. Bár-ba-ros.
Muchas de esas familias de pizcadores se vinieron
para acá. Las encuentra en Roswell —Oriundo se
estremeció— o en Lovington. Hay familias de esos
pizcadores en Pecos y en Tarzana. Los pizcadores de
algodón hicieron ricos a los granjeros gringos. Ellos

se llevaron ese oro y a nosotros nos dejaron la pura mierda. Pura mierda.

—¿No era de ese pueblo Pedro Gómez? —preguntó uno.

—¿De dónde, cuál? —dijo Luis.

—De Lovington.

—Era de cerca de Lubbock. ¡Ah, tan güey! De veras…

—¿Y quién era ese Pedro Gómez? —preguntó Oriundo Laredo, que empinaba el codo sin recato y a esas alturas se pedorreaba como los demás.

—Dile, Luis.

—Sí, dile, Luis.

—Dile, Luis.

—Le digo, pues —dijo Luis, y empezó su relato—. Pedro Gómez era como Elvis Presley, porque tenía la misma voz, pero era prieto y no tuvo suerte…

En eso llegó uno de afuera, sudoroso. Traía una caja con doce latas de frijoles con tomate, que saben dulzones pero son sabrosos, sobre todo con hambre. Una lata para cada uno. Oriundo Laredo abrió la suya y la devoró, porque tenía dos días sin probar alimento. "Por eso lo pedorros…", pensó Oriundo.

—Pedro Gómez era como Elvis Presley, porque tenía la misma voz, pero era prieto y no tuvo suerte —continuó la conversación ese al que llamaban Luis. Exactas, las mismas palabras con las que se había interrumpido—. Era un pizcador joven de los rumbos de Lubbock…

—Pensé que de Lovington —dijo el que había intervenido antes.

—Era un pizcador joven de los rumbos de Lubbock —repitió Luis, recalcando las sílabas de Lubbock como se escuchan en español: lo-boc.

Ahora fue Oriundo el que interrumpió:

—¿Pues de dónde tantos frijoles?

Otra vez, silencio. Hasta que uno respondió.

—De Fort Bliss.

—¿De Fort Bliss?

—De Fort Bliss.

—¡De Fort Bliss! —expresó Oriundo con asombro—. ¿De Fort Bliss?

—De Fort Bliss —dijo el de las botas que algún día fueron de charol blanco—. Son de desecho. Las tiran al basurero cuando les quedan cinco días para *caducir*. Un desperdicio bár-ba-ro. Síguele, Luis, síguele.

Luis retomó su relato. Antes dio un largo jalón a un cigarro de mariguana que se había preparado mientras los otros se desparramaban en el suelo o en los sillones. Soltó un gas apretando los dientes; un gas agudo y largo y luego ronco. "¡Ah, jijo!", se escuchó a alguien decir.

—Pedro Gómez era como Elvis Presley, porque tenía la misma voz, pero era prieto y no tuvo suerte. Era un pizcador joven de los rumbos de Lubbock... —repitió, de memoria.

—Pensé que de Lovington...

—¡Con una chingada! —se interrumpió Luis. Fumó, y se siguió con la historia.

Resulta que Pedro Gómez era el hijo de un migrante que había abandonado su rancho en Guanajuato, Los Hernández, en busca de mejores oportunidades en Estados Unidos. Se había empleado con W. G. Cunningham en Levelland, Texas, como trabajador agrícola. W. G. Cunningham era un ranchero poderoso en la región. Lo que el padre de Pedro Gómez hubiera sido si México no fuera México.

El episodio pasó en 1956, narró Luis. Y se podía advertir que gran parte de las frases que usaba en su relato eran aprendidas de memoria porque decía, de corridito como merolico, cosas como: "Y era Pedro Gómez tan bueno como el rey del rock and roll…"

—Elvis Presley llegó a Texas ese 1956. Pedro tenía veintiún años y era un trabajador aplicado de don W. G. Cunningham en Levelland —dijo Luis, como si estuviera leyendo—. Como parte de la promoción de su película *Love me tender*, iba a los teatros y cines y cantaba.

"Pedro quería ver a Elvis en persona. Pidió permiso a su padre y su padre accedió, con la condición de que no se desviara en su camino de regreso. Fue a verlo y quedó sentado en el centro del teatro.

"Y antes de la función, apareció Elvis. La gente gritó, los chiquillos se salieron de los asientos y brincaron al escenario. *Love me tender*, dijo el Rey. Aplausos, gritos. Las mujeres se jalaban el cabello y los hombres lanzaban chiflidos de aprobación y ansiedad. *Love me tender*, dijo el Rey, y luego se dirigió al público: '¿Alguien quiere cantar conmigo?' Insistió: '*Anybody?*'

"Entonces Pedro Gómez gritó: '*Yes! I do! I dooo!*'

"El Rey lo vio. Le dijo que subiera.

"Pedro Gómez empezó a cantar. La voz era tan parecida o mejor que la de Elvis, que el mismísimo Rey empezó a jalarse las patillas, nervioso. La multitud aclamó a Pedro Gómez y le pidió que se quedara en el escenario.

"Pero entonces el Rey Elvis se despidió. Acompañaron a Pedro Gómez a su asiento y empezó la película.

"En algunas fiestas cantó Pedro. Y nada más.

"Es que era prieto y los prietos acá no triunfan".

"¡Uuuííí!", concluyó su relato con un pedo largo y chillante.

Algunos roncaban. Otros babeaban entre pedo y pedo.

Oriundo Laredo se puso de pie y ni se despidió. Jaló a Gamboa Las Vegas hacia la calle y se echó a andar. Amanecía.

—¿No crees, Gamboa, que eso es mucho hablar? —dijo Oriundo, molesto. Hizo una pausa y apretó el paso—. Vámonos. Estos pedorros llevan años muertos y no se han dado cuenta. Son demonios en el polvo.

El Premio Nobel de las Nogaleras

—Dios da las nueces a quien no puede cascarlas —dijo Oriundo Laredo, en un suspiro largo, cuando vio a lo lejos el grandioso bosque de nogales.

En realidad no aplicaba el dicho. Además, "cascar" era para él una manera de decir "encajar".

A Oriundo le gustaba soltar esas frases sabias delante de su amigo Gamboa Las Vegas, importaran o no, quedaran o no, porque sentía que en ellas explicaba lo mucho que sabía de ciertos temas (muy variados) gracias a sus andanzas por la vida y, sobre todo, a sus múltiples lecturas.

—Esta nogalera se puede ganar el Premio Nobel de... de... el Premio Nobel de las Nogaleras.

Porque para Oriundo Laredo, todos los premios eran Premio Nobel. No se sabe por qué.

Hacia arriba por el bordo del Río Grande, que al llegar a la frontera con México se llama Río Bravo; mucho antes de Doña Ana y de que termine lo que se conoció como Camino Real de Tierra Adentro (utilizado intensamente entre los siglos XVI y XIX, desde la Ciudad de México hasta Santa Fe), había (o hay, seguramente) extraordinarias extensiones de tierra negra sobre las que crecen, señoriales, miles y miles de nogales.

Forman un bosque espeso, ordenado y tan vasto que una persona podría empezar a pie la nogalera al amanecer, y terminarla pasado el mediodía, eso a paso firme. Era (o es) tan grande, que tomaba (o toma) las laderas del Río Grande hasta colindar con la vieja ruta carretera de lo que fue el Camino Real de Tierra Adentro.

Oriundo tenía un marcado interés en trabajar allí, en el bosque de nogal. Por un lado, porque llevaba una recomendación importante en un papel; era de aquella mujer que le había regalado pan de maíz. Por el otro, porque le llamaba la atención aquella gigantesca nogalera entre Anthony y Mesquite, y él sabía de la nuez de tanto trabajarla en ranchos por toda la región.

Entendía, Oriundo Laredo, que un nogal es sumamente sensible a las heladas atrasadas de primavera y a las adelantadas de otoño. Y que cuando uno abre una nuez y la encuentra vacía, es porque quedó expuesta a mucho sol y temperaturas muy altas; el exceso de calor provoca además que se peguen a la cáscara o salgan negras.

Oriundo había vareado nogaleras desde que estaba chico; es decir, sabía bajar la nuez con varas, como se hacía antes de que el proceso se mecanizara. Y era a mediados de octubre que llegó, justo en el momento en el que se necesitan más manos porque si la nuez cae, debe levantarse a lo máximo en cuatro días y tres noches: a la cuarta noche, sabe cualquiera, se ponen negras y no se pueden colocar en el mercado.

Todo eso se lo explicó a Gamboa Las Vegas con detenimiento mientras caminaban hacia la casa del ranchero. Y al hacerlo, con pausas en medio del bosque, tomaba del suelo cáscaras que le servían para ilustrar la lección.

Oriundo Laredo también le compartió, y eso fue poco antes de que llegaran al rancho, otros detalles de la botánica de la zona. "El callo de la andadera lo curte a uno en estos asuntos", le dijo. Le explicó ampliamente de la gobernadora, planta de las planicies y los desiertos que en Texas, Oklahoma y Nuevo México llaman *creosote bush* y *greasewood*. Le dijo que era buena para curar enfermedades venéreas y hasta lepra. Le contó que era tan poderosa, que mataba a todas las demás plantas a su alrededor.

—Fíjate bien, Gamboa, cómo donde crece la gobernadora no se dan otras plantas. Mira, mira —dio detalles.

También le pidió ser cuidadoso al llamar "chaparral" a cualquier conjunto de gobernadoras. Un chaparral, le dijo (y era cierto), son muchas gobernadoras en un solo lugar. "Pero una sola gobernadora puede parecerte un chaparral completo, y no es así, Gamboa. Cuando es una sola planta se le conoce como *corona de rey*", y tosió, esperando una pregunta de Gamboa Las Vegas que no llegó.

—¿Por qué se llama "corona de rey"? —se preguntó, y lanzó la respuesta—. Porque la gobernadora crece hacia los lados por medio de raíces. Y esos brotes se vuelven adultos, y el centro se muere. Entonces se forma una corona, Gamboa. Una corona de rey.

Oriundo Laredo le dijo que un ranchero de Texas le contó de una gobernadora que tenía mil años. Y podría estar en lo cierto, porque se tiene el registro de una corona de once mil setecientos años de edad y es, quizás, el ser vivo más viejo del planeta. Está en el desierto de Mojave, en el sur de California. Mide unos veinte metros de diámetro.

Sin embargo, alertó, una gobernadora joven puede no sobrevivir a su primera sequía o a su primera helada.

—Como nosotros, Gamboa, como nosotros. Bendito Dios que de niños tuvimos una familia que vio por nosotros —dijo, pero de inmediato recordó que Gamboa Las Vegas había sido abandonado en un barranco apenas al nacer, y que había vivido de lo que pepenaba en los basureros.

Burritos de chile relleno

Cuando Oriundo Laredo empezó a trabajar en sus campos, Larry Preston tenía 89 años. Hombre modesto y silencioso, vaquero de chaparreras abiertas de la cola y la entrepierna, se levantaba a las cuatro de la mañana y salía a trabajar con una taza de café en la mano, de lunes a domingo y de sol a sol, y ésa era su rutina de los últimos cuarenta años y así fue hasta el día anterior a su muerte.

Se había casado medio siglo antes y ese matrimonio le había dejado una hija única, Elisabeth Kitzihiata Preston, quien se mató en un accidente automovilístico en una carretera entre Texas y Oklahoma. A Larry Preston no se le conoció en décadas otra pareja que aquella; su mujer murió muy joven, de 35 años, de una enfermedad de la que no hay detalles.

Elisabeth llevaba por segundo nombre Kitzihiata, deidad kikapú. Algunos suponían que las raíces de su esposa estaban en ese pueblo originario de los Grandes Lagos del norte, y expulsado hasta Texas y Coahuila por los colonos europeos. Sin embargo, su mujer era hija de blancos asentados en el corazón de las planicies meridionales desde al menos dos siglos atrás. La única explicación es que la madre de Elisabeth Kitzihiata fuera simpatizante de

111

los pueblos antiguos, algo que heredaría la hija —al menos sí la tolerancia racial— por aquel gesto amable que tuvo con Oriundo Laredo cuando huyó de Lawton, Oklahoma.

Larry, veterano de la Primera Guerra Mundial, había trabajado en minas de talco en Nuevo México. Luego compró unos acres cerca del Río Grande y empezó a cultivar nogales, injertarlos y sembrar especies mejoradas cuarenta años antes de que Oriundo se le presentara. Al principio, con sus propias manos fue plantando uno por uno los árboles que había en ese bosque, o lo que después fue un bosque con miles de ejemplares. Veinte años después, se contaba, empezó a contratar jornaleros mexicanos para que le ayudaran en todo: poda, riego, recolección... y más siembra, porque nunca paró de sembrar, incluso un día antes de su muerte, ya cansado y con achaques.

A la muerte de su hija, Larry Preston empezó a envejecer. Tenía 87 años. Eran muy unidos los dos, aunque se vieran una vez al año para la cena del día de Acción de Gracias, ya fuera en casa de ella en Oklahoma o en el rancho de Nuevo México.

La terrible noticia sobre su hija apuró su deterioro corporal: se le dificultaba abrir y cerrar las manos y la vista se le acortó; no aguantaba el caballo entre las piernas y sentía que le enterraban cuchillos en las plantas de los pies. Aun así se despertaba a la hora de siempre y comía lo de diario, de las manos de una cocinera mexicana que lo acompañó décadas: por las mañanas café y quizás una rebanada de pie de manzana; a mediodía huevos revueltos con tocino y *hot cakes*, y a las cinco de la tarde un guiso fuerte, por lo regular chile con carne o chile con frijoles y queso amarillo derretido encima.

Su cocinera, quien había llegado muy jovencita al rancho y fue, de hecho, su primera empleada, le había reconvertido el paladar poco a poco. Larry Preston comía enchiladas con chile colorado de Nuevo México, chilaquiles con huevo, machaca. Y al menos una vez a la semana, ella le preparaba burritos con frijoles y chile relleno de queso. Como era de Ciudad Juárez, le hacía además burritos de guisos, incluyendo los de chicharrón de pella; los de carne deshebrada con chile, tomate y cebolla; los de barbacoa de res y los de chile con queso amarillo, porque a Larry le gustaba el menonita, pero con mermelada y sobre un pan.

Un día le preparó un caldo de res que acompañó con un plato de arroz y tortillas de harina. Es la única vez que Larry protestó. Le dijo que a esa carne hervida con verduras le faltaba una salsa espesa, el *gravy*, herencia del pasado inglés de los estadounidenses.

Juana, como se llamaba la cocinera, lo había dejado unos veinte años antes y se había desaparecido durante tres, aproximadamente. Pero él fue por ella hasta la ciudad de Chihuahua, adonde había ido a dar, y se la trajo.

Oriundo Laredo se enteró de la siguiente historia porque le tocó, por azares de la vida, verla con sus propios ojos: un mes antes de la muerte de Larry, Juana llegó al rancho con un muchacho de unos treinta años y le dijo que era hijo de los dos.

Larry Preston, de 89 años, lo reconoció el mismo día en que se lo presentaron. Y el mismo día le dijo, sin más, que se preparara porque todo ese imperio de nuez, producto de cuarenta años de trabajo, era de él. Le explicó que la nogalera estaba en su mejor momento porque el noventa por ciento producía (ya había árboles tan gruesos como cuatro hombres juntos).

—La nuez es un negocio que se trabaja para los hijos, pero más para los nietos —le dijo—. Así que ahora te toca administrar tu herencia.

Y un mes después, Larry Preston murió.

Las cosas en el rancho siguieron más o menos iguales las primeras semanas posteriores al duelo. La cocinera en la cocina; los caporales en el campo. Y un día, pasado apenas un mes, llegaron al rancho cuatro vehículos negros, lo que causó un escándalo entre los jornaleros. Bajaron, impecables, unos ocho funcionarios federales del IRS, la oficina federal de impuestos. Se reunieron en la casa con la cocinera, y ella salió de allí con el rostro cubierto con un trapo de cocina, llorando. Los hombres trataban de consolarla, en apariencia, y le entregaron un fólder grueso con documentos y se retiraron.

Ella caminó a la carretera con el fólder bajo el brazo. Esperó pacientemente allí una hora, quizás dos, llorando inconsolable.

Luego llegó uno de los vehículos y se la llevó. Ya no regresó nunca más, y las noticias publicadas en un periódico de Alamogordo, que llegaron días después al rancho, indicaban que la mujer había

114

muerto ese mismo día de un infarto al corazón. Y decían más:

"Alamogordo, NM (AP).— Juana González, de 65 años, madre del joven encontrado muerto por sobredosis de heroína en La Española, falleció repentinamente en un hospital local a pesar de la asistencia médica, informó el gobierno federal ayer por la noche.

"El hijo de González, hispano de 29 años, había heredado semanas antes el Rancho Preston, uno de los mayores productores de nuez del sur de Estados Unidos. El FBI reportó que días después de la muerte de su padre, quien lo reconoció como hijo legítimo un mes antes de fallecer por causas naturales, Jacinto González se encerró en un cuarto de hotel en La Española, Nuevo México, con varias dosis de heroína, droga a la que era adicto desde los veinte años de edad.

"El IRS informó que para garantizar los empleos y la producción, el Rancho Preston será administrado por el gobierno federal y luego fraccionado para su venta en subasta pública.

"La propiedad que perteneció a Larry Preston, un veterano de la I Guerra Mundial, está valuada en unos 95 millones de dólares, de acuerdo con la Cámara de Comercio de Nuevo México".

May the Lord bless us all

Larry Preston tenía una manera muy particular de *mover* a sus trabajadores. Correteaba a los mayordomos con los ojos, les hacía señas con las manos —como cátcher o pícher de beisbol— y si andaban lejos, en el campo, les mandaba papelitos manuscritos con una instrucción precisa y en una esquina, la hora con un marcador rojo. Con los peones o la gente de nuevo ingreso era otra historia; en ellos ponía una especial atención; de hecho, a ellos dedicaba gran parte de su día. Con sus propias manos y con enorme paciencia les enseñaba a preparar la tierra, a crear bancos de materia orgánica, a mantener sistemas de riego (de canaleta o de manguera), a trasplantar, a barrer, a limpiar, a poner estacas a los árboles recién sembrados, a podar, a dar atención a las raíces de las plantas antes de devolverlas a la tierra. A todo. Porque de todas las virtudes que tenía Larry Preston, la mayor era la paciencia: "Los nogales y los hombres son un negocio de largo plazo", decía.

Sin embargo, su verdadera magia estaba en su Día de Barbacoa o *BBQ Day*, que era una vez al mes, en el último viernes. El jueves anterior lo anunciaba con un pequeño cartel que pegaba junto a la puerta de entrada de la cabaña de adobe que utilizaba como oficina y estaba en medio del bosque de nogal. TOMORROW BBQ DAY, decía. Y con letra chiquita: MAY THE LORD BLESS US ALL THE DAYS OF OUR LI- VES. ("Que el Señor nos bendiga a todos en los días de nuestras vidas"). No iba a la iglesia y tomaba esas reuniones con sus trabajadores como una manera de agradecer a Dios sus bendiciones.

Antes de empezar una comida, Larry Preston reunía a todos en torno a los asadores y las mesas y abría su Biblia de Referencia Thompson —llamada así por el sistema de referencias anexas, inventadas por Frank Charles Thompson a finales del siglo XIX— y leía un mismo Salmo, el 121:

"Alzaré mis ojos a los montes; ¿De dónde ven- drá mi socorro? Mi socorro viene de Jehová, Que hizo los cielos y la tierra…"

Y ahora sí, a comer. Y comer, en ese día, era comer de verdad. Carne y algunos acompañantes, pero sobre todo carne. Desaconsejaba hacerse sánd- wiches, usar pan o cubiertos: con las manos, directo a la boca, como debe comerse la carne si se sabe qué es, en realidad, "una buena barbacoa".

Tardaba tres o cuatro meses en repetir un plati- llo. Se tomaba tan en serio el día, que aplicaba a su carne estilos distintos cada vez, recurriendo a rece- tas desde los pantanos hasta las planicies texanas. Y sobre cada receta había una historia.

Como en sus tiempos de juventud había vivido en Lockhart, entre Austin y San Antonio, enton- ces el estilo que imperaba en sus comidas era el del centro de Texas, que suele usar salsas suaves para potenciar el sabor de la carne, que se acompaña con frijoles refritos o enteros, elote amarillo, pimientos asados, algunas galletas saladas, verduras salteadas o encurtidas como zanahoria, cebolla, tomates y chiles jalapeños o güeros.

Para remojar la carne, preparaba una salsa ligera —que él no comía— con cebollas y tomate, pimienta y comino en grandes cantidades, chile colorado de Nuevo México molido, chile Anaheim verde tostado, sal de ajo, sal de grano y su toque especial: melaza.

La barbacoa texana no es la barbacoa mexicana —la original y de donde viene el nombre—, que se hace de res, chivo o borrego y hasta pollo en hornos de tierra o en cocinas cerradas. La barbacoa en Estados Unidos es como la *carne asada* del norte de México o como el *asado,* su versión argentina o uruguaya. Es una fiesta en sí, pues. Aunque el platillo principal sea un pedazo de carne sometido a las brasas o a métodos de cocción relacionados con la leña y el campo abierto, en realidad la barbacoa, la carne asada o el asado es un evento que reúne, que permite a todos verse a los ojos y no mientras se come, sino en el momento de cocinar.

Jugando y no, Larry Preston decía que su nogalera había nacido de su interés por tener madera de nogal para asar carne, porque el nogal y el mezquite agregan un sabor que difícilmente se encontrará en otros carbones.

Se cree que la barbacoa del centro de Texas arrastra parte de la herencia de los primeros colonos alemanes y checos que llegaron a la región. En ese asador comparten grasas y jugos los enormes costillares y partes de lomo de res; el pollo abierto o en piezas; costillas de cerdo y salchichas y otros embutidos basados en carne molida especiada y, muchas veces, escaldada o pasada por agua antes de tocar las rejillas del asador.

Se acostumbra, en algunas partes —como los restaurantes más típicos y antiguos—, servir la carne asada sobre papel rojo. Y Larry Preston lo hacía así, religiosamente.

Nadie le preguntó por qué, y él nunca lo explicó, pero el papel rojo es una herencia de los primeros carniceros alemanes y checos que llegaron con los colonizadores, que lo usaban para entregar la carne fresca.

En las carnes asadas del Rancho Preston se hablaba de temas diversos: papeles migratorios, envío de dinero a México, urgencias económicas, ascensos y promociones y hasta aumentos salariales, esto último más en privado. Difícilmente se hablaba del amor o de las relaciones. Larry Preston desincentivaba esos temas sin decir una palabra: los mayordomos sabían su historia de un gran amor, que termina en forma trágica.

Larry Preston usaba eso para esconder su amor por la cocinera y mantener los temas del corazón en privado.

Las piedras son piedras

Larry Preston tenía una frase que usaba con suficiente frecuencia, como tortillas para los frijoles o como bollos en Acción de Gracias.

—Trabaja, Juan, que las piedras te darán pan.

Con esa frase firmaba los cheques de la raya; con esa frase despertaba o arropaba en sus tierras a un nuevo jornalero.

—Trabaja, Juan, que las piedras te darán pan —les decía en español.

Para aquellos que no lo conocían, sobre todo los que hablaban español, les parecía extraño que los llamara "Juan"; casi en automático le corregían el nombre y Larry sonreía porque sabía que "Juan" no era como el "John Doe" que usan los estadounidenses, o como los "Fulano", "Zutano", "Mengano" y "Perengano" de los hispanoparlantes. Era un nombre que iba con la frase o, más bien, el nombre era parte de una frase que rimaba.

Un día que les tocó trabajar juntos, Oriundo Laredo preguntó a Larry el origen de la oración. Iban por la periferia de la nogalera, con azadón de mango largo cada uno; arrancaban chaparrales y chamizos de raíz, los juntaban en montones y luego les prendían fuego.

Era otoño y los chamizos estaban secos y listos para rodar por las llanuras y esparcir semillas, algo que conviene a los chamizos e incluso a la tierra, pero no a los labriegos.

Caballero discreto pero curioso, Oriundo Laredo se atrevió a preguntarle el origen de la oración y Larry casi se alegró. Ceremonioso, limpiándose el sudor con un pañuelo rojo —acostumbraba traerlos en la bolsa trasera del pantalón— le pidió que hicieran una pausa para desayunar.

Oriundo sacó un lonche de huevo y Larry desenvolvió su sándwich delicadamente.

—*Peanut butter and pickle sandwich* —le dijo, casi con pena.

—¡Delicioso! —respondió Oriundo sin pensárselo, porque también tenía por pecado oculto los sándwiches de crema de cacahuate con pepinillos.

—No debo comerlo, pero qué le vamos a hacer —dijo Preston, sonriente.

—No es un sándwich para todos los días, Larry —dijo Oriundo.

—No es para todos los días, ¡pero es tan delicioso! —dijo él, dándole una mordida crujiente. Los dos salivaron.

Larry le contó, mientras comían, que su abuela les había enseñado a preparar los pepinillos en casa. Los hacía, le dijo, con pepino persa porque queda más crujiente después de que pasa por la salmuera. "Los que preparaba mi abuela quedaban algo ácidos y ligeramente salados. Los dejaba casi dos días en un caldo avinagrado con pimienta, clavo, eneldo, albahaca, laurel, hojas de parra y algo de azúcar.

Su secreto estaba en un recipiente de madera, un barril pequeño que un día estuvo lleno de bourbon; allí los reposaba".

—No sabía que era tan complicado preparar pepinillos —dijo Oriundo, atento. Con Larry Preston siempre se estaba atento—. Te acostumbras a comprarlos en la tienda.

—No, no es complicado prepararlos. Eso sí, debes ser muy preciso. Al menos para esos de la abuela. Era una fiesta, cuando los preparaba. Pimienta, clavo, eneldo, albahaca, laurel, hojas de parra y azúcar —citó otra vez de memoria y en el mismo orden—. Mis hermanos y yo nos aprendimos la receta antes que el Génesis.

—¿Y de dónde viene su frase, Larry? —Oriundo comió ansias.

—¿"Trabaja, Juan, que las piedras te darán pan"? —dijo en español. Conversaban en inglés.

—Sí.

—Es una historia larga, Oriundo. La frase viaja conmigo desde hace muchos años. La aprendí de un hombre que se llamaba Juan. Ese hombre me enseñó el valor del trabajo, como antes su padre se lo enseñó a él.

Larry Preston terminó su sándwich y se puso de pie. Los dos se pusieron de pie.

Tomaron el azadón y caminaron por la orilla de la acequia que corre como el Río Grande, en paralelo con la Sierra de los Órganos que, más al sur, se funde con las montañas Franklin.

Esa acequia se alimenta de las aguas del Río Grande y entre las dos corrientes humedecen un extraordinario vergel que va de norte a sur o de sur a norte y es como una costilla verde que cruza Nuevo México casi por el centro; el vergel va desde Santa Teresa hasta Las Cruces y hasta Albuquerque y más allá, porque son aguas filtradas de Colorado, aguas de los deshielos de las montañas de Wyoming y Montana.

Aguas que saben dulzonas, dicen algunos, porque vienen de los bosques nevados de Saskatchewan y Alberta, en Canadá.

Horas más tarde, sin decir más, Larry retomó la conversación:

"Juan" —dijo de la nada— "era un hombre sencillo, de campo. Su madre tenía raíces de rarámuri o de apache, o creo que de ambos. ¡No he conocido en toda mi vida a alguien que entendiera tan bien el maíz como Juan! Heredó de su familia enormes extensiones de llanura habilitada para la siembra de maíz, e hizo una fortuna con el grano amarillo. Sembraba el blanco pero no para vender. A ése lo llamaba 'reserva especial'. Con ese maíz blanco comíamos en su casa; comíamos todos, incluso los trabajadores temporales".

Larry se quedó un momento en silencio y Oriundo pensó que extrañaría el maíz blanco de Juan.

"Mi abuela, que conocía a Juan de siempre, envió a sus hijos varones a trabajar con él en cuanto tuvieron edad. Nos envió a todos nosotros, a los hombres, a trabajar con él.

"Juan Thal, se llamaba. En realidad, John Thal. Se hacía llamar Juan por su herencia y porque así lo llamaba su padre. Thal era el apellido de su padre, David Thal.

"Algunos pensaban que Thal era apellido de indio o de mexicano, pero no. Thal es un apellido judío. David Thal era judío y la madre de Juan, apache. O rarámuri. O ambos".

Larry contó a Oriundo que David Thal murió de un caballo mal ensillado o de una silla de cuero viejo. Las cinchas se soltaron, David Thal cayó hacia atrás y, al sentirse libre, el caballo reparó varias veces y en una de ésas dio con las patas traseras en el pecho del hombre.

El viejo Thal voló unos metros por el golpe y cayó de espaldas sobre las piedras. Ya no se levantó. Murmuró algo y allí murió, en los brazos de su hijo Juan.

Y desde entonces, Juan Thal se hizo cargo de las tierras de su padre.

—David Thal usaba el dicho para cuando andaban en el campo y Juan se quejaba. "Trabaja, Juan, que las piedras te darán pan", le decía. Lo que el viejo quería decir es que hasta las piedras dan de comer cuando uno las trabaja. Juan usó esa frase para sus jornaleros y así, hasta hoy.

Larry Preston contó a Oriundo Laredo que Juan Thal había heredado de su padre el gusto por el trabajo y de su madre, Margarita, un profundo conocimiento de las plantas de las llanuras.

—Íbamos a caballo y de repente desmontaba, en medio de la sierra o donde estuviera. Hurgaba los zacatales o iba directamente y cortaba con delicadeza hojas de una planta y las metía en una bolsa de papel. Traía siempre bolsas de papel en el morral, o atoradas bajo el faldón de la silla del caballo. A veces cortaba sólo frutos, otras veces sacaba los tubérculos o separaba únicamente las flores o un pedazo de corteza, si eran árboles. Juan Thal sabía de tés tanto como del cultivo del maíz. Algunos días, cuando estábamos de misión por la sierra, se dedicaba a comer sólo raíces frescas que sacaba de la tierra. Eso lo vi no una vez, sino muchas veces. Raíces crudas, raíces asadas. Lo vi comer las flores tiernas de la calabaza con los frijoles y preparar agua con pinole, miel y moras para jornadas de trabajo rudo. Juan Thal pegaba los ojos a la tierra al amanecer y no los levantaba sino hasta la noche, cuando lavaba fierros y se regresaba a casa. Ése era Juan. *Y las piedras le dieron pan* —dijo en español—. Nos dieron pan. Porque todos mis hermanos y yo aprendimos de él. Aprendieron sus caporales y mayordomos, incluso sus jornaleros. John Thal era un hombre que compartía su conocimiento con los demás. Iba contando paso por paso toda su jornada, de tal manera que quien estaba con él, aprendía.

Después de aquella conversación con Oriundo Laredo, Larry Preston hizo un largo silencio que duró varios días. Se metió en los recuerdos y navegó por los años de su juventud; se quitó el sombrero ante David Thal y volvió a las llanuras y a las montañas con John Thal.

Y de repente vinieron a él, como si se le abriera un libro, las yerbas y los remedios.

Recordó la milenrama o *yarrow* en inglés, que crece en parajes húmedos, con sus mil hojas por rama y una flor que no es una, sino muchas que se agolpan en un copete blanco y elegante. Juan usaba su savia para frenar una hemorragia, aunque advertía que esa planta "no era de por aquí" y por eso, en América, "un mal uso podía llevar al envenenamiento y a la muerte". Recomendaba la milenrama para dolores menstruales y de muela, para indigestión y quemaduras.

Larry recordó la lechuguilla, más de Chihuahua, Sonora y Arizona. Un maguey que se para sobre una piedra, esbelto y carnoso. Juan le sacaba fibras fuertes para amarrarse un zapato o para aplicar un torniquete en una emergencia. Y pelada y cocida sobre las brasas, su penca podía transformarse en bendición: los hombres del campo llegaban a él con golpes internos, y Juan les daba una cucharada de su jugo y colocaba la penca asada, tibia, directamente sobre la piel. Santo remedio. Juan decía que la lechuguilla sólo era efectiva si estaba floreando, pero era un truco. La lechuguilla florea una sola vez en su vida, antes de morir. No quería que le arrebataran la vida en su juventud a ese maravilloso ser, y soñaba con que la dejaran vivir hasta sus últimos días.

Larry recordó que Juan Thal tenía un remedio herbal para los catarros. Uno realmente efectivo. Hurgó en la memoria algunos días hasta que recordó, parcialmente. La *purple-coneflower*. Muy parecida a los girasoles. Crece de Chihuahua a Oklahoma y de Florida a Nebraska. Larry recordó que Juan usaba las raíces cocidas y agregaba los pétalos al final, pero no halló manera de rescatar la receta completa.

También recordó que había un remedio para la pérdida de la memoria y la demencia senil. "Sería muy útil en estos días", se dijo con una sonrisa pícara que guardó para sí. Era la rauwolfia, planta de invernadero que antes se cultivaba y después se prohibió en Estados Unidos y, parece, en una buena parte del mundo. "La rauwolfia habla con los ancianos (*oldtimers*)", le dijo Juan un día. "Les da tranquilidad, les deja tomar sopa con su propia cuchara. Pero los aconseja para mal. O para bien, según se vea. La rauwolfia lleva al suicidio después de un tiempo de garantizar lucidez y tranquilidad. A veces sus llamados al suicidio tardan años; otras veces, apenas unas semanas".

Juan Thal decía que las plantas son de gustos. Que una especie en el desierto se comporta distinto cuando crece en las montañas y ofrece propiedades curativas diferentes e, incluso, pude perder o ganar efectividad. Una importante cantidad de hierbas, afirmaba, son buenas cuando están secas. "Pero lo mejor es utilizarlas frescas porque alimentan". Se refería, quizás, a que conservan sus vitaminas, aunque el concepto "vitamina" se empezó a diseminar hasta entrada la primera mitad del siglo xx.

"Las plantas que se usan para la medicina natural siempre deben quedar vivas; deben entender los préstamos (de hojas, de frutos, o incluso de tubérculos) como una poda. Si matas una planta para despojarla de sus hojas, esas hojas no curarán y podrían enfermarte", decía. "Hay que pedirles prestado, asegurarse de hacer los cortes con un cuchillo muy filoso para que la planta no sienta que le robaste sino que le estás quitando un estorbo. De otra manera, esa planta tomará venganza".

Juan decía que todas las plantas "tienen derecho a decirle adiós al sol". Antes de poner a secar en espacios interiores las hojas para los tés o las infusiones, "hay que ponerlas una hora y media bajo el sol del desierto. O dos o tres horas en el sol de la montaña. Si dejas que las hojas se despidan del sol durarán más tiempo aromatizadas. Esos aromas se los regala el sol. Si no les permites despedirse, tendrán el mismo sabor, olor y efecto que un té de zacate de charco".

Con respecto a los tés de plantas silvestres, Juan decía que lo sabio era "aceptarse uno al otro, hombre y yerba", en un periodo de tiempo que podría durar hasta una semana. "Un té en la mañana muy ligero para que la planta reconozca tu cuerpo. Luego, subir un poco la dosis en los siguientes días: una taza ligera por la mañana y otra por la tarde. Después, la receta completa".

Decía que lo mejor no era la medicina tradicional, sino agregar en la dieta diaria complementos naturales. Tenía una especial inclinación por la alfalfa, por ejemplo; preparaba un agua fresca con algo de miel para uso diario, y utilizaba los brotes frescos con huevos para una buena digestión. Las flores veraniegas de la alfalfa, decía, controlan una fiebre y mejoran los estómagos sensibles. "Los caballos y las vacas saben más que cualquiera de nosotros", afirmaba.

Tenía varios usos para la monarda, una planta que florea como reina y es una muy buena acompañante de las hortalizas porque atrae abejas para la polinización y varios insectos que ayudan a controlar plagas. La monarda es conocida en el sur de Estados Unidos como *bergamot, bee-balm, horsemint, lemon-mint* y tiene muchos otros nombres en las variadas lenguas de los pueblos nativos, que la usaron siglos y siglos antes que el anglosajón. Los cheroquis, por ejemplo, la usaban en té para dormir largo y profundo; otros pueblos de la estepa, como repelente de mosquitos. Juan Thal preparaba un jarabe con miel que regalaba a sus trabajadores como remedio infalible contra la tos.

Él mismo tomaba, por las mañanas, una taza de té de gatera o *catnip*, planta conocida por la locura que provoca en los gatos. Decía que desde que empezó a tomar la gatera, jamás volvió a padecer una gripe común o un catarro. Le daba sabor con unas gotas de limón o con cáscara, pero bien podía servirla sola porque tiene un olor extraordinario, casi adictivo. Y los gatos saben de eso, saben bien de la gatera.

Juan Thal recurría a infusiones de quebradora, de hojas de mora silvestre, del Té de Navajo, de limoncillo, de marrubio, de Té de Mormón, de rosas, de sábila y de sasafrás. El sasafrás es tan bondadoso, decía, como un cerdo. "El sasafrás se puede usar en todo, y no sólo en el *root beer*. Sirven las raíces, las hojas, las ramas, la corteza. Va con sopas, guisados y comidas sofisticadas. Los viejos lo hacían jabón pero esa tradición se perdió en muchas regiones. El sasafrás quita los dolores de muela y baja la fiebre. Puede curar las inflamaciones de párpados y algunos malestares *de la mujer*. El sasafrás era utilizado como perfume por las esposas y su aceite es mejor repelente de moscos que la citronela".

Larry Preston recordaba que un día Juan Thal vaticinó el fin de la herbolaria. Decía que la expansión del cristianismo era similar a una plaga. Los evangélicos, afirmaba, acabarán con costumbres y tradiciones que duraron miles de años en las planicies. El cristianismo, decía, es intolerante a todo lo que no conoce. Relaciona las yerbas con religiones antiguas "y no puede tolerar tal amenaza".

—La medicina natural requiere no solamente un conocimiento amplio de las plantas —le dijo un día a Larry Preston—, sino también amor por ellas. Los encargados de las farmacias, sin embargo, sólo necesitan memorizar marcas y compuestos. Los yerberos perderemos ante los empleados de las farmacias. No hay manera de competir.

Además del reto de la medicina moderna, decía, está "el problema del protestantismo blanco" en Estados Unidos. "Incluso los católicos son más tolerantes con la medicina natural que los protestantes, que tienen sus propios remedios y no se salen de ellos; confían más en la medicina moderna aunque no esté disponible para todos. El rechazo a los remedios de los pobladores originales tiene que ver con su mismo rechazo a los dueños originales de las tierras. Se niegan a aceptarlos, a aceptarnos. No pueden reconocernos porque eso pondría en duda su propia legitimidad, como propietarios del suelo americano y como protestantes. Tienen miedo a reconocer nuestras culturas porque entonces tendrán que aceptar que existimos y, por lo tanto, que han hecho todo por desaparecernos".

Larry Preston recordó esos diálogos con Juan Thal, hijo de madre indoamericana y padre judío, a partir de su conversación con Oriundo Laredo. Pasó días y días rumiando esas pláticas con su mentor, producto de extensos encuentros en el campo o largos viajes por la montaña cuando él era un jovencito y Juan Thal un viejo.

Varias semanas después de la primera conversación, Larry se acercó a Oriundo Laredo y dijo:

—¿Sabes cuáles fueron las últimas palabras de David Thal a Juan su hijo?

Oriundo batalló unos instantes para retomar el hilo de aquella conversación. Respondió:

—¿Trabaja, Juan, que las piedras te darán pan?

—Sí. *Trabaja, Juan, que las piedras te darán pan* —respondió Larry Preston.

Hicieron otra breve pausa. Larry agregó:

—El pobre viejo tenía la espalda deshecha por las piedras. Estaba recostado en los brazos de su hijo. Las piedras, dicen, lo partieron en dos. "Trabaja, Juan, que las piedras te darán pan", le dijo, y unos segundos antes de morir, agregó: "Pero las piedras siempre serán piedras, hijo. Siempre. Hasta el final". Y murió.

Hicieron otro silencio, ahora un poco más largo. Larry se acercó a Oriundo, se paró frente a él y viéndolo a los ojos le compartió otra lección:

—Los hombres y las plantas cambian; o tienen la posibilidad de cambiar con el tiempo. El cielo, Oriundo, incluso el cielo cambia. Pero las piedras siempre son piedras: un día te darán pan, pero no debes olvidar que al siguiente pueden partirte la espalda sin remordimiento. Las piedras no cambian, Oriundo. Las piedras son piedras, y nada más.

El abuelo y el tornillo

Una tarde de los años más duros, cuando no traían ni para comprar cerillos, Oriundo Laredo y Gamboa Las Vegas cayeron en un pueblo bien conocido por ambos: Tornillo, Texas.

Iban desde El Paso por la Alameda, una vieja calle que hacia el este se convierte en la carretera estatal 20. Un ranchero se apiadó de ellos y los aceptó en la caja de su troca y allí se encontraron tres manzanas que se repartieron como sigue: dos para Oriundo, una para Gamboa. Y cuando pasaron por Tornillo no quisieron ir más lejos. Tenían las nalgas y la espalda deshechas. Caía la noche y se bajaron. Agradecieron al hombre con una mano en el pecho, ceremoniosos, y se levantaron el sombrero.

—Tornillo. ¿Tú sabes, Gamboa, por qué se llama Tornillo? —dijo Oriundo exhalando aire—. Se llama Tornillo por un tatarabuelo mío. O bisabuelo.

Entonces le contó:

"Resulta que un grupo de amigos y él iban caminando por las vías. Llevaban candelilla y sotol para vender en La Española, pero calcularon mal los horarios del tren y la noche los sorprendió justo en estos llanos".

Oriundo se interrumpió para hacer una seña hacia lo lejos, donde brilló la luz de un foco titilante. Continuó:

"Mi abuelo era un hombre astuto, Gamboa. Astuto, verdad de Dios. Con un alambre duro era capaz de atrapar un caballo bronco en la sierra y domarlo. Era fuerte y mañoso. Sabía ganarse la vida con lo que hubiera y pues allí, solos en el desierto, con el frío que no te deja ni hablar, se le ocurrió apostar a sus amigos todo lo que traía. 'Apuesto mi candelilla contra la de ustedes a que soy capaz de descarrilar el tren con un tornillo'. Los otros se soltaron riendo. Le dijeron que era un hablador, que no sé cuántas cosas. Y aceptaron aunque era una apuesta desigual, Gamboa, porque entre todos traían mucha más candelilla que él. Se reían de él, querían humillarlo.

"Mi abuelo o, bueno, mi tatarabuelo, sacó de su bolsa un tornillo de esos que se usan para juntar los carros del tren. Un tornillo grande, sin rosca. Se los enseñó. Les dijo: 'Con este tornillo descarrilaré el tren, cuando venga', y las carcajadas de los otros retumbaban hasta las montañas del Valle de Juárez. Se imaginaban a mi abuelo lanzando el tornillo al tren. Imaginaron mal. Nomás lo colocó en la vía cuando los otros cerraron los ojos. Sonó el tren. Todos se pararon a verlo pasar, porque no había esperanzas de que pudieran subirse allí, en medio del llano. Mi abuelo se acercó a las vías. Cuando pasó el tren, hizo como si le lanzara el tornillo pero el tornillo estaba colocado de manera estratégica en las vías. El tren se volteó".

Oriundo trataba de quitarse de encima un perro que, desde que los había escuchado a lo lejos, los acosaba por la calle principal de Tornillo.

—Pon atención, Gamboa Las Vegas —dijo Oriundo Laredo. Cuando estaba molesto con él, lo llamaba por su nombre completo: Gamboa Las Vegas.

Dejaron atrás al perro. Se fueron hasta una destartalada estación de trenes y se acomodaron en el taller para pasar la noche. Cuando estuvieron acostados, Gamboa sacó otras cuatro manzanas, rojas y rayadas de amarillo como las que se dan en la sierra. Oriundo no le preguntó de dónde las había sacado. Nada más extendió la mano y recibió dos.

Los dos veían el cielo estrellado, con la cabeza en sus mochilas y cubiertos con sus *sleeping bags*.

—¿Duermes, Gamboa?

Gamboa Las Vegas movió los pies.

—¿Sabes qué traía el tren? Candelilla. Un chingo de candelilla que se regó un kilómetro a la redonda —hizo una pausa más o menos larga—. Te digo, Gamboa, que mi abuelo era un hombre bravo, aunque con mala suerte. Pero, bueno, al final allí nació un pueblo y con las familias de aquellos que perdieron la apuesta con el viejo. Y se le puso Tornillo, sí señor, en recuerdo de mi tatarabuelo, porque fue él quien fundó ese pueblo con un tornillo. Yo mismo debo tener familia por aquí, Gamboa.

Y dicho lo anterior, Oriundo Laredo empezó a roncar.

En realidad, Tornillo fue fundado por la Tornillo Townsend Co., una empresa de especuladores de tierra que aspiraban a convertir esos valles en parcelas irrigadas para la agricultura.

En la noche, a causa del ayuno y las manzanas, Laredo y Gamboa tuvieron diarrea.

—Cuántos pedos, Gamboa Las Vegas. Ya párele que no me deja dormir —decía Oriundo, aunque era por el sonido de sus propios pedos que despertaba.

Por la mañana calentaron agua y se hicieron café soluble. Oriundo dijo:

—Chingao, iremos a hablar con el *mayor* de Tornillo, Gamboa Las Vegas. Este pueblo necesita una estatua de mi abuelo. La necesita. Pueden usar mi modelo porque, decía mi padre, mi abuelo era igualito a mí.

Ese día ayudaron a cargar cajas y sacos de grano en el pequeño mercado a cambio de la comida del día, que fue sopa aguada y tortillas de maíz. Oriundo sacó frijoles dulzones de una lata La Hacienda y chiles encurtidos Herdez, que se habían comprado en otra parada.

Oriundo conoció a su padre, como se sabe. Pero no supo de su abuelo.

La hija de los canarios

Quarantine Rod había descuidado su peso en la última década, pero aun así, frondosa y con poco menos de treinta años, conservaba su figura. La cintura resaltaba caderas y nalgas, y como levantaba el pecho al igual que las palomas, también como las palomas parecía tener un solo seno enorme, generoso, que no pasaba desapercibido una milla a la distancia.

Oriundo Laredo contuvo la respiración el día en que la conoció. Arqueó las cejas porque le encontró gusto a esa abundancia de carnes y más adelante, con mucha discreción, comentó a Gamboa Las Vegas:

—Imagíname allí, Gamboa. Imagíname. Como lagartija en piedra...

Le pareció que lo suyo era mucho hablar y se puso rojo como un tomate. Gamboa entendió la vergüenza de su amigo, que no era ningún vulgar y buscaba siempre las palabras adecuadas para cada dama.

Y no es que Oriundo fuera propiamente una lagartija para tremenda piedra. Es cierto que era delgado desde niño, pero el trabajo lo mantenía correoso, con músculos que no admitían un gramo de grasa.

Oriundo era de manos delgadas y cubiertas de callos por la labor, y tenía en la piel —del rostro a los pies— un bronceado que no se quita con alejarse del sol; bronceado que tienen los campesinos rusos o los mexicanos, los chinos o los estadounidenses; bronceado que no es sólo del sol sino también de la tierra, de la lluvia, de la comida sin nutrientes o del frío o el calor extremos.

Quarantine se llamaba así: Quarantine. No era un apodo. Quarantine como su madre antes que ella. Quarantine como su abuela.

Y aunque su apellido era Rodríguez lo abreviaba "Rod". Quarantine Rod. Le gustaba llamarse así.

El "Quarantine" de su abuela, sin embargo, sí era un apodo; su nombre en papeles era Carmela.

Había nacido en una jaula migratoria en El Paso, Texas, donde su madre embarazada fue sometida a cuarentena —*quarantine*, en inglés— durante tres meses.

La bisabuela de Quarantine Rod dio a luz allí, encerrada. Y esa cuarentena marcó para siempre a "Quarantine" abuela: mientras estuvo en reclusión, recién nacida, le dio una parálisis parcial de rostro que le bajó el párpado superior del ojo derecho.

Ella lo atribuía a los baños de insecticida que sufrió su madre, como muchos otros migrantes mexicanos, durante la estancia en las jaulas, en la cuarentena.

—No me molesta que me digan "Quarantine". Le recuerda a todos estos hijos de la chingada quién soy y de dónde vengo. Nací en un edificio de la migra, durante una cuarentena. Y tan no me molesta que me digan "Quarantine" que mi primera hija se llama así.

Y sí, la madre de Quarantine Rod se llamaba Quarantine, también.

—Tengo gacho un ojo y cucha una pata —recitaba su trabalenguas— por los *dedetés* que nos echaban a mí y a mi mamá en las jaulas de la migra. Soy mexicana pero me dieron papeles aunque no quisiera. Me echaron *dedeté* y me dieron papeles. Bonita chingadera. Me dieron papeles porque esperaban que me muriera, como esos pobres cabrones a los que mandan a las guerras por un pasaporte y se mueren en los primeros disparos. Culeros. Pinches gringos culeros.

"Quarantine" abuela no quería a los gringos. Y era muy malhablada, en general, pero cuando se refería a ellos daba una entonación especial a las mentadas.

"Quarantine" abuela escondía su pasaporte y usaba el de la mamá, que era mexicano. Al fin y al cabo se llevaban apenas catorce años.

Quarantine Rod, en cambio, vivía bien con su nacionalidad estadounidense. Ocultaba su cabello negro con mucha agua oxigenada y tinte, y por ninguna razón permitía que se le notara la raíz, aunque la raíz mexicana era profunda e inocultable. Sus hombres se sorprendían al encontrar, en las partes más íntimas de su cuerpo, aplicaciones de agua oxigenada y tinte, también.

Cuando cumplió 21 años, Quarantine Rod salió en la portada de *El Paso Chronicle*. Era una foto extraordinaria con ella en primer plano y detrás, el *presidio*, como le llaman a las vecindades. Tenía una hermosa sonrisa de oreja a oreja; estaba sentada sobre un murillo de piedra, de esos que se utilizan en El Paso para dividir los lotes. Tenía un pie desnudo y en el otro, uno de dos guaraches de pata de gallo comprados en K Mart en 99 centavos de dólar.

Reía, Quarantine Rod, de una manera tan fresca que fue portada. Y fue portada también por insistencia del fotógrafo, un güero cincuentón que después la hizo su amante. Y fue la portada porque tuvo una frase suficiente para ganársela: le contó al reportero que su cabello era rubio porque era hija de los canarios de su abuela. Esa poesía simple y espontánea —y su hermosura, porque era hermosa a esa edad— la volvió corazón del reportaje, una historia que hablaba de los pobres más pobres de la ciudad: los que habitan el Segundo Barrio.

"La hija de los canarios", decía el título de *El Paso Chronicle*.

El reportaje exhibía la ignorancia de la pobre Quarantine Rod, que apenas hablaba inglés y "no podía expresar una sola palabra en español, por negación o por analfabetismo". El reportero decía que el futuro más probable para la muchacha era volverse adicta a la heroína porque "había abandonado la escuela a los ocho años y nadie, ninguna autoridad, se había preocupado por ella".

"La hija de los canarios no recuerda ya cómo leer. Nunca ha tenido un trabajo formal. Nunca ha salido de viaje. Nunca ha leído un libro y nunca ha entrado en un restaurante. La hija de los canarios vive con mucho menos de un dólar promedio al día, aunque a veces tiene cinco, o diez, dependiendo cómo le vaya en la venta, porque Quarantine Rod, de 21 años, trabaja con los *puchadores* del barrio. Es ella la que corre de carro en carro llevando gramos de heroína y mariguana."

Ni el pie de foto leyó Quarantine Rod. Ni ella, ni nadie en el presidio. Pero las fotos se distribuyeron como pan caliente y ese día la edición de *El Paso Chronicle* se agotó en las tiendas cercanas. Se volvió una celebridad.

En los siguientes años, y hasta poco antes de conocer a Oriundo Laredo, Quarantine Rod fue atrapada en la fatalidad. Gastó todo el dinero que hizo en hospitales y funerales: tres de sus cuatro tías murieron en el lapso de dos años. Un año descansó, y murió su mamá. Dos años más adelante, su tío. Todos de cáncer de mama. Todos, incluyendo al tío.

El día menos esperado, después de todas las tragedias familiares, Quarantine Rod fue notificada de la muerte del fotógrafo gringo que había sido su amante durante años. La enteró un abogado que le entregó, además, un citatorio para una comparecencia en la Corte.

Contra todo lo esperado, porque Quarantine era todo lo que no esperaba nadie, acudió ante el juez. Le hicieron una prueba de sangre para detectar consumo de drogas y, contra todo lo esperado, salió negativo. Contra todo lo esperado, sobre todo por ella misma, le leyeron una enorme carta de amor del fotógrafo gringo y recibió el anuncio de una herencia. "Dejo a Quarantine Rodríguez, el único amor de mi vida, mi casa en el Country Club y doscientos mil dólares de una beca de la Rockefeller Foundation".

Pero hay cosas que sí son predecibles: no abandonó el agua oxigenada ni el tinte rubio.

Abandonó el Segundo Barrio y se mudó a su nueva casa, en el club campestre de los ricos paseños. Allí conoció a Oriundo Laredo. Necesitaba un jardinero.

Oriundo llegó a Quarantine Rod una tarde que mosqueaba por el Country Club. Lo hacía con frecuencia cuando estaba en El Paso; acostumbraba a hurgar en las basuras, como lo hacen muchos otros. Las basuras de los ricos tienen mejores muebles, a veces, que los que hay en las salas o en los comedores de los presidios. Los ricos de El Paso cambian de tele sin importar si la otra sirve o no; cambian de refrigerador por uno de mejor modelo, que haga menos escarcha; abandonan muebles o comedores completos, sin una raspadura, para que los levanten *los otros*. Esos *otros* suelen ser juarenses; llenan a tope sus trocas destartaladas para después vender su pizca en el mercado de los "cerrajeros" o mercado de segunda mano, cerca de la Pila de la Chaveña, en el barrio antiguo del mismo nombre.

Los otros pueden ser también migrantes en tránsito o ciudadanos norteamericanos pobres —por lo regular mexicoamericanos— que se toman la visita a las banquetas y los patios traseros del Country Club como si les abrieran una tienda, un K-Mart, con todos los artículos gratis.

Esa *colecta*, que ha durado años y años, no es mal vista por los ricos del club campestre y tampoco por los visitantes. O así era en la década de 1990 y antes.

Sin comentarlo demasiado, sin razonarlo mucho, es una especie de desfogue para una sociedad basada en el consumo y profundamente desigual, como la fronteriza. Hay ahorro para unos y para otros porque a los ricos les costaría una cuota liberarse de muebles y otros enseres si recurrieran a los servicios de limpia. Y para *los otros* es un regalo que no pueden rechazar. Unos y otros, pues, están cómodos con el mecanismo de reparto.

—*Hey, you!* —gritó ese día Quarantine Rod cuando vio a Oriundo Laredo meter la cabeza en un carro de basura de traspatio, que son cubos enormes en los que bien podrían dormir dos con los pies estirados.

Se acercó, tímido.

Algo dijo ella en inglés pero él no le entendió. "No habla inglés", pensó. Entonces cambió al español y Quarantine se le quedó viendo fijamente. Ignoró todo lo que él dijo en español y retomó el inglés.

"Será alemana", pensó Oriundo y se corrigió: "Es china".

Para Oriundo, todos los que no fueran gringos o mexicanos eran chinos o, en el caso de los muy güeros, alemanes.

Finalmente se acomodaron en el inglés.

—¿Quiere hacerme el jardín? —dijo ella.

143

Oriundo Laredo notó que no había jardín en esa casa, sino un pedazo de desierto salvaje en el extenso patio.

—¿Quiere que le arregle el jardín? —dudó.

—Sí. Esta casa era de un desobligado —dijo ella—. Un *tecato*. Hay diez requerimientos de *la ciudad* para que arregle, o me van a mandar a servicios sociales.

Suele referirse al gobierno local como *la ciudad*. Y cuando Quarantine se refería a "servicios sociales" cometía un error: los "servicios sociales" se envían por lo regular a los *housing projects*, a los suburbios, a las vecindades o presidios cuando hay una queja por maltrato de niños o por abandono de familia o por violencia doméstica.

—Le van a mandar a los del servicio de limpia —corrigió Oriundo levantando el dedo índice.

A nadie le gustan los sabiondos, mucho menos si son prietos. Pero aun así, ella aceptó la corrección.

—Sí, sí, a los de limpia —dijo—. ¿Quiere o no hacerme el jardín?

—Hay que comprar plantas.

—Sí.

—Hay que comprar materiales y cemento para hacer aunque sea una banqueta.

—Sí.

—Hay que comprarse herramientas para trabajar el jardín —dijo él, y para entonces estaban ya en el patio trasero, husmeando.

Los jornaleros no andan de aquí para allá con sus herramientas; ésas las proporciona el patrón.

144

Sobre todo porque muchos son indocumentados y eso los delataría.

—Sí, sí, sí. Compre lo que quiera. Tengo dinero.

—¿Y cuándo quiere que empiece?

—Hoy.

—Hoy. Mmmh. Me voy a llevar unos dos meses en eso —dijo él, llevándose a la barbilla el dedo índice arqueado.

—Sí.

—Tengo que ir a buscarme dónde dormir.

Quarantine vio que eso era una complicación bárbara… por la que iba a pagar.

Los dos se quedaron viendo hacia una casa rodante, un *mobile home* que estaba al final del patio.

Se acercaron sin hablar. Trataron de abrir la puerta y se asomaron por la ventana.

Fue ella quien habló:

—Quédese aquí. Nomás hay que darle una buena limpiada. Yo tengo montones de cobijas y sábanas.

—Se ve lleno de cajas —comentó Oriundo.

—Tire todo —dijo Quarantine Rod y se dio media vuelta—. Pero apúrese.

Acordaron un pago semanal y dos jarras de limonada al día.

—La limonada es parte del pago de cualquier jardinero —dijo él—. No soy jardinero, pero sí necesito limonada.

—Bueno, sí, está bien.

Y así fue que Oriundo Laredo conoció a Quarantine Rod y se quedó con ella.

Volvieron a la banqueta. Allí estaba, parado bajo una lila, Gamboa Las Vegas.

Ella se despidió con esta frase: "Esta casa era de un desobligado. Un *tecato*". Y se fue.

Fue entonces que Oriundo volteó a su amigo y dijo:

—Imagíname allí, Gamboa. Imagíname. Como lagartija en piedra…

Y se avergonzó.

Ese mismo día, cuando cayó el sol, Oriundo Laredo movió hacia un lado las cajas en la sala del *mobile home*, se hizo un tendido con las cobijas que le dio Quarantine, y se durmió.

Toda la noche tuvo sueños extraños que incluyeron a Quarantine Rod. Se vio en un barco con ella, por ejemplo, luchando contra un extenso y bravo mar; él no conocía el mar. También se le apareció un puente viejo de piedra que no se parecía en nada a los cruces de concreto de la frontera con México, que él conocía bien.

Soñó con un mono que hablaba y que lo llevaba de la mano a una tienda donde vendían elefantes tristes. "¿Qué hacen estos elefantes tristes aquí?", preguntaba él. Y el mono le decía que los había capturado la migra y los tenía en venta.

Soñó con montañas y nubes, con vegetaciones raras, con muchos "chinos" y con música que salía de tamborcitos de colores que él nunca antes había visto.

Y soñó que Quarantine Rod era su mujer. Allí despertó.

—Épale —expresó sorprendido de sus sueños. Pasó unos minutos viendo el techo del *mobile home*. Amanecía.

Oriundo Laredo dedicó los siguientes días a tratar de desmontar el enorme patio de la casa. Quarantine, a su vez, acomodó una mesa con dos sillas en el porche y se dedicó básicamente a verlo trabajar.

Hombre hecho en el campo, Oriundo fue descubriendo una buena cantidad de plantas y árboles enanos escondidos en la maleza que bien valía la pena conservar: dos higueras de troncos ya gruesos que habían cubierto el piso con su miel; una buena variedad de cactáceas, la mayoría nativas de la región, que posiblemente habían sido sembradas allí por un jardinero conocedor: dos saguaros todavía muy jovencitos; cuatro "cactus de la fresa", greñudos y de flor amarilla; un puñado de varas de candelilla y unos cuatro sereques, una especie de maguey o lechuguilla del norte de México que se conoce también como sotol (tal como la bebida).

Cuando vio el patio en toda su extensión, rápidamente notó patrones que le sugirieron que aquello había sido un jardín bien razonado. Sus sospechas se confirmaron cuando dio con cinco o seis surcos paralelos de unos cuatro metros cada uno, donde había plantas diversas que sólo un conocedor podría haber colocado allí: halló damiana, gordolobo, tabaco cimarrón, guázima, estafiate, chicura, cardón y batamote. También encontró el hikuri de los rarámuris, yakis y ópatas; cactus de mucha tradición en el norte de México que los huicholes llaman peyote. Tomó una pala y cavó sobre los surcos: en efecto, aquello era un gran jardín botánico con riego automático y cubierto de maleza y latas de cerveza. El sistema de riego ya no servía, pero marcaba una ruta a través del jardín.

Llamó a Quarantine y le dijo:

—Éste, Quarantine, es un jardín muy hermoso que vale la pena restaurar. No se necesita sembrar nada, sólo restaurar.

Abrió la maleza y le descubrió una choya, planta de Sonora, Chihuahua, Texas y Nuevo México que parece un cactus espinoso. "El jugo machacado con la raíz sirve para la diarrea o hasta para un dolor de dientes", le dijo, emocionado.

Obvio, recordaba las lecciones de su pasado inmediato.

Pero Quarantine no reaccionó como él esperaba. Hizo una pausa. Torció la boca, y le dijo:

—Quítalos. Arráncalos. Pura pinche yerba maligna. Arráncalo todo. No dejes una sola planta.

Y se dio media vuelta y se encerró en su casa durante tres días y sólo salió para dejarle una jarra de limonada por la mañana y otra por la tarde.

Oriundo no supo qué hacer. Pensó en renunciar y dejar que alguien más hiciera un trabajo tan ingrato.

Esos tres días arrancó todo tipo de maleza silvestre, y no tocó las plantas que habían sido sembradas allí con un propósito. Reflexionó mucho con los pies en la tierra de jardín. Se dio cuenta de tres periodos en la vida del jardinero: uno, en el que trajo árboles y plantas locales que distribuyó sin mucha lógica. Otro, cuando empezó a sembrar especies exóticas e implantó un sistema de riego automático y andaderas de tierra y piedras. Y una tercera: el de la destrucción. El jardinero empezó a lanzar botellas de güisqui, de ron, de bourbon y cientos de latas de cerveza. El único nogal y las higueras tenían golpes de hacha ya sanados, como si hubieran sido víctimas de un arranque de ira de su cuidador.

Cuando Quarantine salió, Oriundo intentó convencerla una vez más de que conservara el jardín, pero ella se enojó hasta los gritos:

—¡Que arranques esa pinche yerba, con una chingada! —dijo, en perfecto español.

Se quedó muda. Se quedaron mudos.

Él descubrió que ella tenía los ojos humedecidos. Quarantine le clavó la vista y, sin decir más, lo abrazó en medio del jardín.

Pero se descubrió desnuda del alma frente a él, y le entró pánico. Oriundo sintió el pánico. Le cruzó el brazo sobre el cuello y la escondió en su pecho, y allí, la hija de los canarios soltó un llanto largo que parecía más bien un grito interrumpido por la necesidad de la respiración.

Más tarde ese mismo día, Oriundo le tocó la puerta de la casa y le dijo:

—Quarantine, voy a quitarte todas las plantas y los árboles y te dejaré un jardín hermoso. Te lo prometo.

—Gracias —respondió ella. Se había terminado de bañar y tenía mojado el cabello.

—Pero no destruiré nada —agregó—. He encontrado adónde llevarme las plantas. Las volveré a sembrar cerca de aquí, por si alguna vez quieres ir a visitarlas.

—Haz lo que quieras —respondió.

Era un "haz lo que quieras" no de reclamo, sino de una resignación dulce. Y cerró, delicadamente, la puerta.

Cinco minutos después, Oriundo le volvió a tocar. Quarantine descubrió medio cuerpo, semidesnudo. Se vestía.

—Quarantine —le dijo. Ella no le contestó. Lo veía fijamente a los ojos y ahora él sintió el alma desnuda y excitación.

—Dime —dijo, con aire dulce pero profundamente triste.

—Voy a limpiar el *mobile home*. Hay muchas viudas negras. Las viudas negras son muy peligrosas; la gente se muere de un solo piquete, Quarantine.

—Sí —dijo ella. Su rostro se endureció—. Salgo en un minuto y te ayudo con eso.

En ese momento, Oriundo reparó que ambos ya sólo hablaban español.

Empezaron a sacar cajas, una por una. Todas llevaban un sello cuadrado con las letras NATIONAL GEOGRAPHIC en un costado.

Las acomodaron en el porche y ella le pidió que las revisaran. Al abrirse, cada caja venía con un sobre marcado con distintos nombres: TAILANDIA, TOKIO 1, TOKIO 2, CAMBOYA, CAMBOYA DETALLES, INDIA 1, INDIA 2. MÉXICO 1, MÉXICO 2, MÉXICO 3, MÉXICO 4, etcétera. Y adentro venían transparencias perfectamente montadas y acomodadas en sus cajas rojas, amarillas o negras.

—¿Qué es? —preguntó ella.

—Películas —dijo él—. Rollos de películas.

No eran películas, por supuesto. Eran portafolios de fotos; una vida de viajes en fotos.

—Tira todo —ordenó Quarantine Rod.

Oriundo Laredo no encontró razón alguna para conservar las "películas" y obedeció.

Cuando pasó el camión del servicio de limpia, entregó a los trabajadores todo aquello sin decir más, y el hecho alentó la complicidad en ambos.

Desde ese día, el aire se aligeró. Él ayudó a Quarantine con otros asuntos de la casa y no sólo con el jardín. Iban juntos al mercado y juntos decidían qué plantas y árboles agregaban o removían.

Rápidamente se acostumbraron a concluir la jornada diaria juntos. Ella sacó una mesa con sillas y cenaban en el porche, lo que fuera, sin mucha pretensión. Él le contaba de sus viajes por el sur estadounidense y ella mostraba gran asombro e interés porque nunca había salido de El Paso, ni siquiera a Ciudad Juárez. Para ella, Houston, San Antonio, Tokio o la Ciudad de México eran exactamente lo mismo porque no los conocía. Lo más lejos que había llegado, en todos sus años de vida, era Las Cruces, Nuevo México, adonde había acudido a un concierto.

—Eres un aventurero, Oriundo —le dijo un día.

—Así soy —dijo él orgulloso, aunque siempre pensó que llevaba una vida de trashumante por la necesidad de comer, de vestir; no por la aventura.

Cierta noche, semanas más tarde, cenaron juntos y Quarantine le ofreció el sofá de la sala porque afuera hacía frío. Ella se fue temprano a su recámara y después volvió y se sentó en el comedor de la cocina.

Cuando sintió su presencia, Oriundo se puso de pie, como alerta, incómodo; estaba ya recostado y ella lo observaba desde la oscuridad.

—Cuando te vayas, voy a vender esta casa. De todas maneras no tengo dinero para mantenerla —dijo Quarantine Rod de la nada.

Oriundo se acomodó en el sofá y sintió una profunda tristeza.

—Casi toda mi familia ha muerto, Oriundo. Mi mamá, mis tías, hasta un tío. Muy jóvenes. Me voy a regresar al Segundo Barrio —hizo una pausa—. No quiero morir sola.

Él quiso decirle que no estaba sola, pero no se atrevió. En un ejercicio interno de honestidad, pronto se enteró que llevaba una vida solitaria también, a la que sólo había sumado la compañía temporal de Gamboa Las Vegas.

—Nacemos solos —dijo él. Había escuchado esa frase en algún lugar.

—Sí, pero no quiero morir sola. Además no quiero estar en esta casa. No me trae buenos recuerdos.

Oriundo prefirió no abundar en eso.

Quarantine Rod se puso de pie. Caminó del comedor al sofá. Se sentó junto a Oriundo y empezó a besarlo y a gemir, casi de manera inmediata.

Él respondió a las caricias y jadeó al instante, también, porque el deseo contenido durante semanas creó una atmósfera densa de excitación.

Oriundo se sintió autorizado para tomarla de la cintura y ella hizo lo mismo, aunque se resistía a desprenderse de la ropa.

Él hizo un movimiento hábil de manos y le quitó el pantalón del pijama y ambos se encendieron. Intentó repetir el movimiento con la blusa, pero hubo un juego de resistencia entre los dos.

Sin querer, en ese jaloneo, Oriundo le pegó con un codo en uno de los senos y ella gritó.

No fue un golpe fuerte. Ni siquiera mediano. Sin embargo, ella se separó violentamente de él, se llevó las manos al pecho, se recostó en la duela e hizo una cara de profundo dolor.

—Perdón, Quarantine —dijo, y se tiró junto a ella.

Cuando el rictus de dolor se había ido, Oriundo le acarició el cabello durante una hora hasta que ella se puso de pie, con delicadeza, y se metió en la recámara.

Pasados unos minutos, él siguió sus pasos. Llegó a la puerta, que estaba entreabierta, y desde allí la observó: Quarantine Rod tenía descubierto el pecho frente a una luneta y se tocaba el seno lastimado.

Oriundo notó que ese seno tenía manchas y venas hinchadas, y el pezón se confundía con el color amoratado de la piel. Se dijo que no era por causa del golpe accidental sino por algo de más tiempo.

Quarantine se cubrió los pechos con ambas manos, se acercó a la puerta y la cerró, con él afuera. Los dos se escucharon respirar, apenas separados por el panel de madera.

El sistema de salud de Oriundo se reducía a una farmacia.

—Deberías ir a la farmacia —dijo él. No esperó respuesta. Se encaminó hacia la puerta del patio, con rumbo al *mobile home*.

—Lo sé —dijo ella—. Mañana voy a la farmacia.

Esa madrugada, Oriundo Laredo no durmió. Cuando lo alcanzó el amanecer, salió a la puerta del *mobile home* con prisa. Afuera encontró a Gamboa Las Vegas despeinado, desaliñado. Como cuando los gatos domesticados se van de farra una noche y regresan con tizne y adormilados.

—Millas —le dijo Oriundo.

Esa palabra significaba un vámonos, un corramos, un huyamos y dejemos todo atrás.

Tomó el *backpack* con el que había llegado, recogió alguna ropa que tenía colgada afuera, cerró la puerta del *mobile home* y caminó hacia la entrada de la casa.

—Estas ruinas no tienen remedio —dijo al alcanzar la calle y ver por última vez el jardín, que dejaba. Pensaba en la vida en ruinas de Quarantine Rod.

En esa pausa escuchó ruido en una ventana. Enfocó la vista y allí estaba Quarantine.

El mosquitero mugroso no le permitía distinguir bien su gesto, pero agradeció no irse sin decir adiós.

—Gracias por todo, Quarantine —dijo.

Hubo una breve pausa.

—Él me violaba —dijo ella sin más—. Me amenazaba con entregarme a la policía si lo dejaba. Me golpeó y me violó durante años. Ese pinchi jardín lo hizo para mí. Era un pinchi *tecato* de mierda, Oriundo. Un pendejo, un macho. Ese hombre me destruyó. Lo menos que podía hacer era destruir ese jardín.

Oriundo Laredo se quedó perplejo. No supo qué decir.

—Ya terminé mi trabajo aquí —respondió.

—Yo lo sé —dijo ella con tristeza, ahora en inglés.

Hicieron otra pausa.

—Bueno —dijo él con la vista en el suelo.

—*Well* —dijo ella. Definitivamente había regresado al inglés.

Oriundo dio dos pasos y se detuvo. Después otros cuatro, y se volvió a detener.

Quarantine Rod dijo, muy quedito y en español:

—No te vayas…

Oriundo volteó, de inmediato.

—¿Cómo? —preguntó. Realmente no escuchó bien.

—Que te vaya bien —dijo la hija de los canarios en inglés.

Oriundo ya no respondió.

Salió del Country Club de El Paso, Texas, arrastrando los pies.

Gamboa sólo observaba.

Cruzaron los arcos de piedra que dan la bienvenida al club, y Oriundo se detuvo un momento para mostrarle a Gamboa Las Vegas el hermoso jardín desértico que había construido (o donado) en la entrada del complejo habitacional, con plantas y arbustos traídos de la casa de Quarantine Rod.

—Mira, Gamboa —dijo él, orgulloso.

En el centro del jardín, en un espacio de un metro aproximadamente y apenas perceptible, había escrito un nombre con piedras de río. CUREN-TIN, se leía.

—Ella no es importante para mí. No lo es, Gamboa, no lo es. Es una mujer más en el camino —dijo con aire fanfarrón que Gamboa no se compró, porque sabía que Oriundo no tenía algo así como "mujeres en su camino".

Gamboa alzó su brazo y se lo pasó sobre los hombros a Oriundo Laredo y así, abrazados, caminaron por la orilla la carretera rumbo al sur.

—Quarantine no es importante para mí —insistió. Pero arrastraba una pena tan grande que parecía competir con una montaña. Y Gamboa lo entendía.

Oriundo abrió su *backpack*, sacó un frasco que contenía un pequeño cactus del jardín de Quarantine Rod —el cactus tenía una hermosa flor amarilla— y lo pisoteó. Y como no se quebraba, entonces levantó una piedra grande y acabó con él.

—Ella no es importante —repitió—. No lo es. Es una mujer más en el camino, Gamboa; una más que llorará por mí.

Los calzones de Pascual Orozco

Salieron de Abilene por la carretera 36; pasaron Potosí, luego Cross Plains, y cuando abandonaron el rancho de Rising Star (porque se dirigían hacia Comanche, Texas) se detuvieron en la carretera abruptamente. Algo pegó en el capacete de la troca en la que viajaban. "Pum", sonó, seco. Se quedaron tiesos.

El ranchero con el que iba Oriundo Laredo le preguntó si veía algo y cuando iba a responder, cayeron en la carretera, a unos metros, unos treinta o cuarenta sapos que se despanzurraron al tocar suelo. Algunos se movían brevemente después de estrellarse. Cayeron vivos.

—Un torbellino —le dijo el ranchero.

Oriundo vio alarmado a todos lados y no encontró señales de torbellino alguno.

El hombre, un típico cowboy de barba larga y tan güera que parecía blanca, se rio.

—No, no. No aquí. Seguramente el torbellino levantó los sapos de alguna charca y los lanzó al cielo. La lluvia de sapos no pasa muy seguido pero pasa. Muy, muy de vez en cuando pasa. Vi alguna vez hasta gallinas caer del cielo, de la nada, en el desierto. Cosas raras que pasan acá, en el Tornado Alley.

El Callejón de los Tornados o Tornado Alley es una zona amplia del sur y de las Grandes Llanuras que comprende los estados de Texas, Oklahoma, Kansas, Nebraska, Kentucky, Iowa, Minnesota, Dakota del Sur y Dakota del Norte.

Más adelante, Oriundo y su empleador se detuvieron a comer en una cocina sobre la carretera que se llamaba Elisa. Abajo del letrero hecho a mano se podía leer, además, una leyenda: SI TIENE PRISA, LE MANDAMOS SU COMIDA POR SERVICIO POSTAL.

La cocina sureña es variada y de sabores estramboticos. Hay toques cajún por todas partes; pimientas procuradas por los franceses, pimientos de los españoles, chiles y frijoles mexicanos y platillos que llegaron del norte con los primeros colonizadores. Hay mucho frito, ciertamente, y también guisos de lenta cocción. Aunque en los últimos años proliferó la comida rápida, un orgullo del sureño es sentarse a degustar con calma, sin prisas, recetas viejas que huelen a Inglaterra y que se pasan de madre a hija por generaciones. Como en el norte mexicano, en el sur estadounidense no todo es carne asada.

Por eso era entendible la leyenda de SI TIENE PRISA, LE MANDAMOS SU COMIDA POR SERVICIO POSTAL. Aunque no tuviera más de dos clientes ese día, la cocinera, una anglosajona, habría preferido no darles nada que sentirse bajo presión. Ese mensaje enviaba, además, la decisión de poner un negocio de comida sobre la carretera, a decenas de kilómetros de cualquier otro rancho.

La espera valió la pena, como se preveía; y cerraron la comelitona con café y pan esponjado de harina de maíz tierno. Y antes de partir, fisgoneando por la cocina, notaron que la mujer tenía una garrafa de *root beer* casera, que se hace efectivamente con un bonche de raíces: de sasafrás, de diente de león o achicoria amarga, de jengibre, de zarzaparrilla y de cadillo o cachorrera, que ayuda a los empachados y a los enfermos de hígado; combate los granos en la cara y es auxiliar en los catarros. El curado de raíz lleva también corteza de abedul (que algunos llaman *betula*) y miel. Al servirse se le agrega agua carbonatada o gaseosa, y una rodaja de limón cuando hay.

El empleador de Oriundo Laredo era un buen conversador, generoso y amable. Y por alguna razón sabía mucho de bisonte americano o búfalo.

—Eso que acabas de ver con los sapos va a pasar con los ranchos y las casas: un día van a volar por los cielos. Y todo por acabarse a los búfalos —dijo.

Tenía una versión particular sobre los fenómenos meteorológicos atípicos. Decía que, por ejemplo, los tornados empezaron a hacerse más frecuentes después de que los colonizadores mataron a los búfalos para presionar a los indios americanos. Las manadas de búfalos, dijo, "aplanaban la tierra".

—Allí tienes a Cíbolo. Ahora ya no hay cíbolos; sólo tornados y tierra —le comentó. Y soltó una carcajada macabra que dejó ver sus dientes amarillos.

Cíbolo es un sinónimo del búfalo. Y Cíbolo es el nombre de un pueblo cerca de San Antonio, al que el hombre se refería.

Le contó que "los viejos" (cuando hablaba del pasado, hablaba de "los viejos") vieron que los búfalos corrían desde el Gran Lago del Esclavo en Canadá hasta México, y les fueron cerrando el paso para matar de hambre a los apaches, comanches y otros pueblos originales en rebeldía. Le dijo que se llama Gran Lago del Esclavo por un pueblo original identificado como los *slavey* o los *esclavos*. Los *slavey* pertenecían a la tribu de los *dene*, a quienes los colonizadores llamaban *hare*, es decir, libres. "Una incongruencia", le planteó.

También le contó que había visto manadas de búfalos correr libres entre las montañas de Grand Mesa y White River, en Colorado, pero que "nunca le diría a nadie que los vi, porque en cuanto sepan que hay algunos vivos van a ir por ellos y se los van a acabar". Y volvió a reír. Oriundo notó algo de amargura en esa última risa.

El hombre le dijo que "los blancos [*white people*] acabaron a los búfalos, expulsaron y exterminaron a los indios americanos, y pagarán muy caro su error. Ellos no eran el *kudzu*. El *kudzu* viene de Asia. Y pronto de apoderarán también de Dixie".

Dixie, como *Southern*, es una manera de referirse al sur (*South*). Y kudzu es una enredadera asiática que llegó a Estados Unidos en la Exposición Continental de Filadelfia de 1876. En la primera mitad del siglo xx y se utilizó, en los llanos del centro y en el sur, para detener la erosión del suelo: se sembraba para ocupar tierras del desierto. Pero el kudzu, que crece rápido y se adapta a todo terreno, mata a otras plantas y crece sin control; se reproduce con semillas y por estolones, es decir, por medio de las raíces. Como la gobernadora.

Pronto se apropió de cientos de miles de hectáreas hasta ser considerado por los agricultores como una plaga. El kudzu es comestible y mucha razón tenía el hombre: si los búfalos existieran libres en la pradera, la habrían utilizado como follaje. Pero, sin competencia ni control; agresiva, fuerte, se volvió pronto una plaga.

El empleador de Oriundo Laredo se refería a los asiáticos, entonces, como una plaga sin control.

Le contó una historia muy peculiar. Antes, muy enfático, pidió a Oriundo Laredo que le jurara que no la divulgaría porque "todavía hay gente que puede pagar por ese crimen".

La historia oficial dice que Pascual Orozco, quien luchó del brazo de Gustavo I. Madero en la Revolución Mexicana de 1910 y después lo traicionó para unirse a Victoriano Huerta, murió un 30 de agosto de 1915 en una emboscada que le tendió, en Texas, una fuerza compuesta por rangers, marshalls, soldados y de la oficina del Sheriff. Orozco y el depuesto dictador Huerta habían sido detenidos en El Paso por "violar la ley de neutralidad", después de que se descubriera que pretendían reorganizar una revuelta desde territorio estadounidense. Huerta fue enviado a prisión en el Fuerte Bliss; Orozco, a cárcel domiciliaria.

Sin embargo, el general de brigada se escapó de su encierro con ayuda de simpatizantes por la ventana de un baño; huyó a caballo hacia Sierra Blanca, Texas, acompañado de Crisóforo Caballero, José

Delgado, Andrés Sandoval y Miguel Terrazas. En Green River Canyon le pidieron que se entregara y se resistió, por lo que fue abatido.

La versión del historiador personal de Oriundo Laredo negaba que las fuerzas del gobierno de Estados Unidos lo emboscaran y le dieran muerte. "Fueron unos rancheros encabezados por Dick Love, y entre ellos estaba mi abuelo; mi familia llegó como *carpetbagger* al sur. El hijo de perra [de Pascual Orozco] se había robado unos caballos y comida para escapar a México, y le dieron alcance cerca de Van Horn, en las montañas, rumbo a Lobo. Lo cercaron y lo cazaron. A todos los mataron. Se llevaron el cuerpo al rancho y lo pasearon, haciendo burlas de él; le pusieron un cigarro en la boca y lo montaron, muerto y semidesnudo, en un caballo. Y hasta le bajaron los calzones".

Carpetbagger se le decía a los que, en el siglo XIX, viajaron del norte para poblar el sur. *Carpetbagger,* sin embargo, es un término despectivo y el Ku Klux Klan lo identificó con aquellos que tenían ideas liberales y promovían derechos igualitarios para los afroamericanos.

Oriundo prometió no contarle a nadie esa historia; lo juró con su vida.

Cuando terminaron de comer y regresaron a la troca para seguir su camino, Oriundo se encontró a sus pies un ejemplar de un periódico más o menos viejo que decía:

"*I Killed Pascual Orozco*".

Aparecía la foto de un viejito en el porche de su casa, sentado en una silla de ruedas y con un rifle

162

en las manos. Y en un recuadro estaba una foto más pequeña de Pascual Orozco, de pierna cruzada, con cinco rifles parados a su lado y apoyados en una mesa donde se podrían apreciar, además, un reloj y un ventilador eléctrico.

—¡Le bajaron los calzones! —le contó su empleador—. *Bitches*. Qué se le va a hacer. Así era en esos años.

Oriundo Laredo trabajó un tiempo con ese norteamericano que tenía una fascinación por una bebida conocida como zarzaparrilla, hecha de la planta del mismo nombre. Le agregaba un toque de bourbon de Kentucky que le daba un sabor francamente inmejorable.

Oriundo agradeció el resto de su vida haber comido pollo frito de la mano de aquel hombre. Lo preparaba como en Nueva Orleans, con una costra harinosa, pero aderezaba el empanizado con una receta familiar que lo hacía tan exquisito (pimientas, ajo fresco finamente molido, algunas yerbas locales) que los ángeles bajarían, si pudieran, a probarlo.

Tomates que cosechar

Sucedió que Gamboa Las Vegas se vio involucrado en la Revolución de los Tomateros, un evento bochornoso que sucedió un verano en los campos de labor ubicados cerca de Segovia, parada de transporte de carga en el corazón texano.

En medio de tantos chaparrales, gobernadoras, chamizos y tierra blanca, era casi imposible imaginar, apenas unos años antes, que hubiera campos cultivables. Los hay, gracias a los invernaderos, a la hidroponia y al río Llano, una corriente que serpenteante recorre varios condados hacia el noreste; que alimenta represas y tierras a su paso y que viene del afluente del río Colorado y del lago Lyndon B. Johnson.

Esos campos de cultivo de hortaliza dan empleo temporal al menos la mitad del año, y como están lejos de la frontera suelen pagar unos centavos más la hora; ofrecen bodegas para el hospedaje de los jornaleros e incluso proporcionan comidas pobres pero suficientes para subsistir una temporada. Gamboa Las Vegas y Oriundo Laredo habían decidido pasar ese verano allí, con la esperanza de ir al lago Lyndon B. Johnson, donde hay campos de golf, el clima es agradable, hay empleos en jardinería y en los resorts.

Oriundo siempre le daba la vuelta a esas regiones de Texas porque más de una vez había sufrido el menosprecio de la gente por su color de piel y su origen.

El caso es que, de acuerdo con la versión de Oriundo, Gamboa estuvo detrás de la Revolución de los Tomateros.

—Mi amigo Gamboa Las Vegas fue revolucionario —decía—. Desató la Revolución de los Tomateros.

El tomate se siembra entre marzo y abril, cuando el clima es todavía fresco. Después del trasplante y de la instalación de guías ("tutores", les llaman en algunas regiones) viene la poda, que es clave para que la planta no pierda esfuerzos en tratar de crecer, sino en el fruto. La Revolución de los Tomateros se dio en agosto, en plena cosecha, cuando una helada muy temprana (o muy tardía) sorprendió a los rancheros con el tomate maduro y de buen color.

Los jornaleros fueron despertados de madrugada para que instalaran de urgencia los calentadores de dísel. Como tenían mucho tiempo sin usarse y carecían de mantenimiento, esos calentadores lanzaban humaredas que hacía casi imposible respirar adentro de los invernaderos. Muchos de los trabajadores se enredaban la cabeza con trapos mojados pero los ojos les lloraban tanto que les era imposible ver a pesar de que había una buena iluminación.

Los rancheros, provenientes del poblado de Luckenbach, maltrataban a los jornaleros con malas palabras; los obligaban a meterse en medio de la humareda para regular las mechas y controlar la flama; querían que en apenas unas horas levantaran la cosecha.

Entonces, de acuerdo con la versión de Oriundo, dos hombres decidieron bajar los brazos y decir "basta".

Uno fue Gamboa Las Vegas, dijo Oriundo; el otro, uno al que conocieron sólo como "el Marentes".

—No vamos a trabajar en esas condiciones —dijo firme el Marentes, y se puso al frente de todos.

Los jornaleros dieron un paso atrás en grupo y dejaron caer las herramientas. Los granjeros lanzaron madres y padres al aire y querían forzarlos a meterse a los invernaderos.

—No —dijo el Marentes—. No más.

Uno de los hombres lo amenazó. Le dijo que si no se ponían a trabajar de inmediato, iban a llamar a la Patrulla Fronteriza.

—Le vamos a marcar a la migra —dijo, pelando los dientes.

—Llámele a la migra —respondió el Marentes.

Los dos dijeron "la migra" en español.

El granjero se metió a la oficina y salió gritando, una parte en español y otra en inglés:

—¡Ahí viene la migra, *sons of bitches!*

—Que venga —dijo el Marentes, y los demás le hicieron coro, insultando a los anglosajones con palabras cada vez más fuertes.

El hombre que había llamado a la Patrulla Fronteriza caminó hacia el Marentes, y se colocó frente a su rostro, retador.

—Así que tenemos a un revolucionario aquí —dijo. El Marentes guardó silencio—. Pues déjame decirte, revolucionario, que nosotros venimos de Luckenbach, donde despegó el primer avión. ¿Tú de dónde vienes? ¿Quién crees que eres?

Pocos pusieron atención a su comentario sobre "el primer avión".

Los de Luckenbach suelen presumir que un tal Jacob Brodbeck hizo volar un aparato en 1865, antes que los hermanos Wright.

—Pues váyanse volando a la chingada —dijo el Marentes, que no dejó ir el dato. Dio un paso atrás para agarrar vuelo y zas, le plantó una cachetada bien tronada.

Se armó, por supuesto, la revuelta.

Para la buena fortuna de los jornaleros, el hombre no había llamado a la Patrulla Fronteriza (que habría tardado más en arribar) sino a la policía, que justo hizo su aparición y evitó que salieran las escopetas. Los texanos son hombres que tienen fascinación por las armas.

Los jornaleros fueron subidos a trocas de los granjeros, y escoltados por unidades de policía llegaron a las rejas de la estación. Muchos quedaron detenidos por desorden público: eran ciudadanos estadounidenses. Otros, los menos, fueron separados y puestos a disposición de jueces de migración porque no eran estadounidenses o no contaban con permisos de empleo.

Así terminó la Revolución de los Tomateros. Y se le llamó así porque días después fue publicada, con ese título, por un periódico en español editado en San Antonio, Texas.

Dentro de prisión, en espera de recibir su condena por disturbios públicos, el Marentes se dirigió a sus compañeros. Primero los felicitó por no dejarlo solo con los rancheros. Les dijo que no por pobres, por desconocer la ley o por su color de piel merecían ser maltratados. "Muchos aquí somos ciudadanos, pero tenemos menos oportunidades que ellos porque no somos güeros", explicó.

El Marentes apenas había ido a la escuela pero era bien entendido y buscaba, les dijo, estar "siempre al tanto de mis derechos".

—¿Eres migrante? —le preguntó uno.

—Yo no soy migrante —respondió el Marentes, ya bastante acalorado por la conversación—. Vivo aquí. Soy de aquí, de estas mismas tierras pero *del otro lado* del charco. Es más: llevo más años viviendo *de este lado* del charco que *del otro lado*, lo que me hace más de aquí que de allá, ¿no creen? No soy migrante porque no migré para acá. Aquí he estado siempre. No vengo de ninguna parte. Mi familia lleva más tiempo aquí que cualquiera de estos pinchis gringos. Lo cura es que sí tengo un poquito de acento *apochado* y allá me creen de acá. Y los de acá me creen de allá. Pero ni de aquí ni de allá, compa: no hay dos lados. Yo no estoy partido en dos, ¿o me ven partido en dos? ¿No? No estoy partido en dos ni voy a partirme en dos porque unos culeros me quieren partido en dos. Soy de aquí. Llevo doscientos años aquí.

—¿Doscientos años? —dijo Oriundo Laredo legítimamente sorprendido y algo mareado: el Marentes hablaba rápido y a veces con palabras no tan accesibles para alguien de El Millón o de Fabens, de Waterfill o del Praxedis.

—No me refiero a que llevo doscientos años aquí yo, yo-yo —dijo apuntándose el pecho—: Digo que mi familia lleva aquí doscientos años, pues...

—¡Ah!

—...Y con doscientos años de chinga aquí, cualquiera tendría que ser dueño de su propia tierra, ¿no cree, Oriundo? ¿No lo creen ustedes? Estos cabrones, todos estos pinches gringos que se creen dueños de estos lugares, no llevan ni dos generaciones y ya hasta cambiaron toda la historia. Se sienten dueños de la historia. Las pinchis películas del Viejo Oeste son pura mierda gringa, con güeros bonitos de actores principales y todos los prietos nomás sirven para llenar cantinas. Ahora resulta que no hay atrás, que no hay historia; que nunca estuvimos aquí. No hablan de la historia que hay para atrás porque ni siquiera ellos se creen que son de aquí, los culeros. Tanto tiempo que llevamos aquí los que somos de aquí, los que no somos migrantes, que todo esto debería ser nuestro, ¿no creen? Carlos Marx dice que la manera como se presentan las cosas no es la manera como son, y tiene toda la razón.

—¿Quién? ¿Marlon quién? —interrumpió Oriundo.

—Carlos Marx.

—¡Ah!

—También dice que los hombres hacen su historia, pero no la hacen con libertad.

—¿Marlon Max?

—Sí —el Marentes no se quiso interrumpir—. ¿Y saben por qué estos gringos hacen películas del Viejo Oeste con puros güeros y sin prietos? Porque la historia la hacen los gandallas con puras mentiras. Rehicieron la historia con puras mentiras. Les da vergüenza quedar como lo que son: puros culeros. Les da vergüenza decir que se robaron todo esto. Por eso hacen películas donde aparecen ellos como los buenos, y todos los demás son feos, ladrones, ignorantes, salvajes, pendejos y güevones.

Los detenidos aplaudieron entre risas. Algunos no entendieron bien todas las ideas expuestas por el Marentes, pero la última frase les causó gracia.

—¡Hey! —apareció un agente de policía—. ¡Esto no es un lugar de fiestas! ¡Dejen su risa para la cantina!

El Marentes esperó un momento hasta que desapareció el policía y continuó con voz baja: "Todos los que no son güeros en este país, son migrantes. Los negros son de África, los prietos vienen del sur y los indios, los indios vienen de las reservaciones. Para los güeros, todos son migrantes menos ellos", dijo.

Oriundo Laredo puso más atención aún. El tema de los indios involucraba directamente a su amigo, Gamboa Las Vegas.

El Marentes continuó:

—Yo no soy migrante. Que ellos hayan partido esto en dos, es otra cosa. Pero yo no soy migrante.

170

No migré de ningún lado. Éstas son mis tierras, aunque no tenga título de propiedad. Todos nosotros que estamos aquí hemos ayudado a construir este país, ¿y qué tenemos a cambio? Nada. Los chinos que construyeron el ferrocarril fueron enterrados debajo de los durmientes. Los prietos que levantamos sus cosechas también dejamos la vida aquí, y no tenemos nada. Su *american way of life* está basado en todo lo que se roban. Por eso viven bien estos cabrones. ¿Han visto un catálogo de Sears, cómo se ve la gente blanca tan bonita, con su ropa de colores y tan sonrientes? Y detrás de ellos, ¿han visto? ¿Han visto que se ve su casota y sus jardines tan bien podados? Pues en el patio, enterrados, estamos todos los demás. Están los negros, los chinos, los mexicanos, los indios. Todos enterrados. No salen en la foto. ¿Han visto sus carros tan bonitos en la cochera? Atrás en su patio están todos los muertos de las guerras que organizan para robarse el acero y el petróleo. El *american way of life* no puede ser para todos, no nos hagamos pendejos. Es para los güeros. Sólo ellos son tan abusones. Sólo ellos saben vivir de todos los demás…

Los jornaleros salieron libres dos días después de la Revolución de los Tomateros. Al despedirse, sucios y hambrientos, el Marentes les dijo que se vieran para platicar más. Los citó a reunirse en un centro social de San Antonio, en donde podría facilitarles literatura.

—Hay que defendernos, compañeros —dijo el Marentes. Estaban ya en la banqueta de la policía del condado—. Hay que defendernos de estos cabrones. Tenemos derechos. Mi padre murió por los insecticidas, ¿y quién nos dio un peso para estudiar? Nadie. Mi mamá quedó viuda y pobre. Así son estos cabrones. Así han fundado un imperio.

Oriundo fue muy feliz en ese encierro. Cada vez que tuvo oportunidad le preguntó al Marentes sobre Marlon Max, y el tal Marentes le citaba de memoria algunas ideas sin atreverse, después del décimo intento, de corregir el nombre de Carlos Marx.

Oriundo, sin embargo, prefirió no reencontrarse con él y con los otros en San Antonio. No era ese tipo de hombre, se dijo.

Guardó aquella aventura entre sus tesoros más preciados porque, además, Gamboa Las Vegas había sido protagonista.

Semanas más adelante comentó a Gamboa, con ese aire del que ha vivido y sabe de qué habla:

—Ese Marlon Max es de mucho mundo, Gamboa.

Iba a decirle que le gustaría buscarlo para hablar con él, con Marlon Max. Se contuvo. Fue precavido y tuvo miedo ir más lejos.

Oriundo Laredo creía que en este mundo, para sobrevivir, muchas veces es mejor quedarse callado.

Curris con arroz y *jerky*

Oriundo Laredo decidió no llegar a Fort Hancock y brincar a El Porvenir, como era su plan original antes del episodio del látigo. Fue una decisión obligada por un cansancio profundo. Se fue de Van Horn y de allí a Clint, cerca ya de El Paso, Texas.

Tenía otro pendiente que le agobiaba: el paquete que, le habían dicho, había abandonado en una bodega.

Poco antes de llegar a Clint, se bajó en una ranchería llamada Morning Glory. Conocía un hotel allí, de nombre Buenaventura. Oriundo era un especialista en hoteles baratos: sabía cuáles eran los mejores en toda la región.

Como iba muy cansado se encerró a dormir sin probar alimento. Durmió tres días seguidos, apenas con pausas para beber agua e ir al baño. Tuvo muchas pesadillas, y en todas estaba Gamboa Las Vegas. También soñó a su padre. Y a su madre, aunque no la conoció.

La primera mañana de su encierro se vio obligado a bajar porque olvidó pagar por adelantado. La recepción del hotel tenía sólo un escritorio cómodo con una silla cómoda, ocupada por un hombre muy moreno que estaba vestido de cowboy: camisa a cuadros, pantalón ajustado de mezclilla, una hebilla de Texas en el cinturón y botas picudas con un dibujo de hilo en el empeine.

El hombre le extendió una forma que llenó adormilado, porque donde decía *"Name"* puso "Gamboa Las Vegas".

Oriundo notó que atrás del escritorio, prendido en la pared, estaba medio caballo disecado; varias cruces de madera en venta, y distintas figuras de yeso en bruto: un monje, un diablo, una rosa, una virgen de Guadalupe, una estrella texana, dos manos topándose por las palmas en forma de oración. Seguramente el tipo moreno estaba experimentando con yeso y ponía sus muestras allí.

También había una foto grande de Billy The Kid, la clásica de cuerpo entero con chaleco y rifle. Oriundo había escuchado a un ranchero de Mesilla, Nuevo México, hablar pestes de Billy The Kid. Y por eso no le gustaban ni el personaje ni la foto.

—Ese bandolero hizo su historia con puras mentiras —le dijo el ranchero, escupiendo en la tierra—. Estuvo por pura casualidad en *La guerra del condado Lincoln*, en Nuevo México, y como aquello era una matanza se hizo fama de pistolero. Que dizque mató a veintiún hombres. ¡Pfff! —otro escupitajo—. Nadie puede comprobarle ni nueve. Tomó parte en cinco enfrentamientos, y en medio de la bola se atribuyó cinco muertitos. Puras mentiras. Otros dos a los que mató fue en defensa propia, y los únicos dos muertos probados son los dos oficiales que se llevó a la tumba cuando se fugó.

Billy The Kid, llamado en realidad William H. Bonney, había protagonizado varias escaramuzas en las cantinas de Mesilla, Nuevo México. Suficiente para que el pueblo lo tomara, décadas después, como figura para atraer turismo.

Oriundo recordaba con mucha dificultad la conversación con el ranchero de Mesilla debido a su cansancio. Pero la conservaba íntegra, con muchos detalles, porque así era él y porque conocía muy bien la región donde Billy The Kid hizo su leyenda. El condado Lincoln es parte de Carrizozo, cerca de la Reservación Mescalero. Se puede llegar desde El Paso pasando Arenas Blancas o White Sands; o desde Las Cruces, atravesando las montañas de Órganos y siguiendo hasta Alamogordo.

Quiso contarle algunas de esas cosas al prieto de la recepción pero el cansancio lo desanimó. Además no le dieron ganas: era un hindú intolerante que lo apuntaba con un dedo mientras le decía, como un regaño:

—¡Está prohibido cocinar en su cuarto! ¡No puede cocinar en su cuarto!

Aunque el cuarto no tuviera cocineta y fuera más pequeño e incómodo que una buhardilla.

Evidentemente el hindú no seguía sus propias instrucciones, porque todo el hotel olía a especias, ajos y cebollas. El hombre comía tremendos curris con arroz sobre el escritorio de la recepción y mascaba con la boca abierta tiras de carne seca enchilada, que en esa zona se conoce como *jerky*.

—¡Está prohibido cocinar en su cuarto! ¡No cocine en su cuarto! —lo despidió el hombre, a gritos, mientras subía dificultosamente los escalones para ir a esconderse en su cuarto.

—Pinche chino —dijo Oriundo Laredo, porque todas las personas de culturas desconocidas para él, eran chinos.

Al cuarto día, finalmente, bajó. Despertó muy de madrugada con ánimos, alegre y con "un hambre que parecen dos", como decía. Arregló sus cosas, se colgó el látigo en el hombro y cuando llegó a la recepción, el hindú corrió a recibirlo.

—¡Buenos días, don Gamboa! —le dijo de buen humor.

Oriundo notó que le clavaba los ojos brillosos en el látigo pero no dijo nada. Pagó el día que le faltaba y cuando iba llegando a la puerta, el hindú se salió del escritorio y lo acompañó hasta la banqueta, simulando el sonido del látigo con la boca.

—¡Fichú! ¡Fichú! ¡Fichú! —decía, y movía la mano con un látigo simulado.

En la otra mano traía un recorte de periódico.

Oriundo pensó: "Voy a ponerle un culetazo a este cabrón entre los ojos para que deje de perseguirme. Pinche chino".

Y dijo "culetazo" como si trajera pistola y el mango del látigo fuera una cacha. Pensaba, por supuesto, en el "culetazo" que le había dado al ladrón del tren.

Un día anterior, el hindú había leído, en la página 28 del periódico *Morning Valley News,* una entrevista con "el *coyote* asesino de los trenes" en la que confesaba sus crímenes. Allí había visto, ya muy chiquita, la foto de Oriundo Laredo sentado junto al sheriff.

Ése era el recorte que traía en la mano. Poco después de que Oriundo dejó el hotel, colgó el recorte y la ficha de registro a manera de recuerdo; era la hoja que estaba firmada por error como "Gamboa Las Vegas".

En la foto de la entrevista aparecía "el *coyote* asesino de los trenes". Explicaba, con las manos en el aire, cómo lo había sometido el extraño vengador del látigo.

—Sí, sí. Sacó su látigo y lo movió en el cielo. "Detente", gritó. Tenía una puntería muy asombrosa. Me dio en la frente —decía, aunque es probable que el reportero aderezara esos textos.

—¡Fichú! ¡Fichú! ¡Fichú! —gritaba el hindú desde lejos, emulando el sonido del látigo. Ahora estaba parado a media calle. Había seguido a Oriundo.

Harto del hindú, Oriundo Laredo se cruzó la carretera para caminar hacia el oeste. Se aguantaba el hambre porque su plan era cruzar el puente internacional a la altura de Socorro, Texas, porque es sabido que luego luego cruzando, en Waterfill, Chihuahua, están cuatro o cinco puestos de burritos muy merecedores.

Se quitaba el sabor amargo del hindú con el recuerdo sabroso de los burritos de Waterfill, cuando Gamboa Las Vegas se le apareció como un fantasma.

—¡Gamboa, Gamboa! —le gritó.

Estaba sentado en la cuneta de la carretera, bajo la sombra de un árbol centenario, y aun cuando no era su costumbre le sonrió.

Oriundo apretó el paso para encontrarlo y descubrió que tenía un perro a sus pies. Era un perro muerto.

Gamboa le quitaba las pulgas con hojas del mismo árbol. Se las quitaba y las aplastaba.

—Vámonos —le dijo Oriundo y lo tomó del hombro—. Tenemos cosas que hacer. Deja ese perro en paz.

Gamboa volteó los ojos y Oriundo pudo advertir que lloraba.

Hero with a Leather Whip

Oriundo Laredo dejó el Rancho Preston poco antes de la muerte de Larry. A la distancia estuvo al tanto, por supuesto, de la tragedia y su desarrollo. Se enteró del fallecimiento del heredero y luego de la cocinera y de la posterior división del bosque de nogal en varias propiedades.

—*El buen Señor* me perdone, pero es preferible que el gobierno se haga cargo de esa tierra. ¿Qué sabía ese *tecato* sobre la nuez? —dijo a Gamboa Las Vegas.

Desde que había pasado por el rancho, recurría con frecuencia a la frase "el buen Señor" o "*the good Lord*". Larry Preston la usaba.

Oriundo abandonó el Rancho Preston después de una visita sorpresiva de las autoridades migratorias, aunque tenía documentos en orden y cargaba con la Social Security Card que le habían gestionado en uno de sus primeros empleos. Además, Larry Preston era muy cuidadoso con eso: difícilmente contrataba indocumentados. Tenía trabajando sólo a mexicanos *regulares* o con la regularización migratoria en proceso.

Oriundo Laredo andaba Estados Unidos como un indocumentado; viajaba de norte a sur en camión y de sur a norte en tren carguero, y muchas veces escondido junto a otros mexicanos y centroamericanos. Procuraba no llamar la atención y se escondía cuando alguna unidad de la Patrulla Fronteriza se le atravesaba. Se había acostumbrado a hacer compras en mercados chicos o a acudir a los comederos y *dinners* muy temprano o muy de noche, y dejaba los empleos, por más bien que estuviera, si pasaba alguna patrulla migratoria. Así lo hizo en el Rancho Preston. Siempre corría con buena suerte, o eso creía.

Había trabajado durante una buena temporada en la frontera con Arkansas, en Texarkana, junto con Gamboa Las Vegas. Y un día, de la nada, dijo:

—Quiero ir a El Millón, Gamboa.

Le explicó que algo lo llamaba. Gamboa, parece, optó por quedarse.

Decidió volver a México en carguero, aunque de norte a sur acostumbrara el camión. De sur a norte hay puntos de revisión migratoria, por eso es mejor ir de trampa en los trenes.

Su idea era tomar el tren hasta Sierra Blanca, bajarse antes de la revisión de la Patrulla Fronteriza y cortar hacia Fort Hancock. Y luego dirigirse hacia El Porvenir, Chihuahua; tomar allí un camión e irse bordeando la frontera del Valle de Juárez hasta llegar a El Millón, ya cerca de Ciudad Juárez.

La verdad es que, de un tiempo a la fecha, lo perseguía la idea de regresar a casa, o a la casa donde había pasado su adolescencia.

En el tramo de Texarkana a Fort Worth encontró abandonado en un vagón un látigo australiano, que es largo y muy común entre los domadores de animales. No hay ningún misterio en ello: los circos suelen moverse en tren; seguramente alguien lo olvidó allí. A diferencia del *cow whip* o látigo para vacas de los cowboys norteamericanos, el australiano es largo (tres metros) y es algo pesado porque se hace exclusivamente de piel y no de nylon.

Todo fue bien en el tramo Fort Worth-San Antonio. Pero en el San Antonio-El Paso, que es recurrido por los migrantes, lo despertó un alboroto de mujeres: unas veinte indocumentadas se subieron espantadas, ahogando sus gritos con la mano en la boca. Detrás de ellas venía un *coyote*.

Sucedió como de tornado: dentro del vagón, las mujeres corrieron al extremo contrario de donde se escondía Oriundo; detrás de ellas entró el traficante de personas agitando en la mano derecha una pistola, y emparejó la puerta del vagón.

—¡Órale, cabronas! —decía, amenazante—. ¡Órale! ¡Cáiganse!

En la oscuridad del vagón, las mujeres empezaron a esculcar entre sus ropas y maletas, y a entregar cuanto traían. El malandro hacía escaramuzas con la pistola para espantarlas.

Oriundo Laredo se dio cuenta de que muy pronto le tocaría; que era una casualidad que no lo descubrieran entre las sombras pero que correría la misma suerte que las mujeres. Primero abrazó su mochila. Así recordó, por el tacto, que traía el látigo. Muy despacio lo sacó y sin desenredarlo, lo tomó fuertemente con la derecha. Cuando el *coyote* terminó de saquear a las mujeres volteó al otro extremo del vagón y lo descubrió, y Oriundo hizo un movimiento rápido: sostuvo la punta del látigo y lo lanzó por el mango.

La base del mango dio en la frente del *coyote*, que cayó hacia atrás con los ojos en blanco. Las mujeres gritaron y se lanzaron sobre él, sobre el traficante de personas. Después de sacarle cuanto traía y despojarlo de la pistola, entre varias abrieron la puerta para lanzarlo.

En eso se asomaron tres agentes de la migra que estaban afuera. Quizás las seguían desde antes. El tren hacía una parada y no había arrancado todavía.

Pronto llegaron varias *julias*, como suele decirse a las camionetas cerradas de la Border Patrol. Subieron a las mujeres y a Oriundo Laredo y al *coyote*, a quienes esposaron y destinaron a un carro de policía.

Por el golpe del mango del látigo, el *coyote* tenía en la frente una marca redonda, colorada y sumamente inflamada. El hombre no terminaba de recuperarse; se quejaba y veía a Oriundo de reojo.

Los llevaron a una estación de la Patrulla Fronteriza y luego a una de policía, esta vez separados.

A Oriundo Laredo lo liberaron de las esposas y lo subieron en un auto civil. Al otro no: lo montaron a una patrulla cerrada, con rejas en las ventanas.

Al llegar a la estación, Oriundo fue conducido directamente al escritorio del sheriff. Notó que varios agentes, ahora no migratorios sino de policía, le sonreían.

—Nombre —le dijo el sheriff sentado ante una máquina de escribir.

—Oriundo Laredo.

Vio que el oficial escribió "Octavio O. Laredo".

—Dirección.

—El Millón, Chihuahua.

—Aquí dice que Fabens, Texas —repeló el agente.

Oriundo notó que tenía un expediente abierto a su lado.

El agente pensó que Oriundo hablaba mal el inglés y se siguió solo, llenando las formas.

Vinieron dos agentes de la policía y uno de ellos tomó la palabra:

—*Mister* Laredo —dijo, mientras lo tomaba suavemente del brazo para conducirlo a otra oficina—, tenemos años buscando al hombre que acaba usted de atrapar. Quiero agradecerle su cooperación con las autoridades de Texas. Ese *coyote* había cometido asaltos de San Antonio a Laredo durante años. Gracias. Tenemos la sospecha de que además era un violador de mujeres migrantes, y es posible que esté relacionado con el asesinato de varias de ellas. La prensa lo llamaba "el *coyote* asesino de los trenes".

Cuando dijo "gracias", el agente se zafó el sombrero en señal de respeto y le entregó sus pertenencias en una bolsa de plástico amplia.

Venían su mochila, su cartera y su látigo.

Le apuntó, cortésmente, la puerta de salida de la estación de policía.

Oriundo se puso el sombrero; se caló el *back-pack* y tomó el látigo y se lo colocó en el hombro. Abrió la puerta a la calle y una nube de reporteros lo jaloneó.

Oriundo Laredo sintió que se desmayaba y regresó pálido a la oficina del sheriff.

—Los reporteros quieren platicar con usted, *mister* Laredo. La prensa ya lo llama "el vengador del látigo".

—¿Cómo?

—Sí. Es usted una celebridad local.

Oriundo cayó desmayado.

Unas horas después despertó en un hospital de San Antonio, Texas. Estaba conectado a dos botellas de suero. Una enfermera se le acercó al ver que abría los ojos y le dijo, en perfecto español:

—Señor Laredo, ¿tenía usted varios días sin comer?

Cayó en cuenta de que sí, que no había probado alimento en dos días.

La enfermera le extendió una bandeja. Con una enorme sonrisa le pidió que comiera y él devoró un enorme sándwich de pavo y una ensalada de papa con apio y mayonesa. Bebió un litro de té y se siguió con una rebanada de pastel de manzana y helado de chocolate, nuez y bombones.

La enfermera le urgió que descansara; le dijo que vendría un doctor a revisarlo hasta el día siguiente.

—El doctor González quiere conversar con usted —le dijo.

Oriundo cerró los ojos y volvió a dormirse y despertó al amanecer del día siguiente con un grato sabor de boca: soñaba que estaba en su casa de El Millón, y que los vecinos habían llegado a verlo. Le preguntaban dónde había estado todos esos años, le llevaban algo de comer, eran amables. Muy orgulloso, les decía en el sueño que no volvería a irse, y les presentaba a Gamboa Las Vegas. "El último de los apaches", les decía. "¿Apaches?", le respondía un vecino. "Apaches, comanches, kikapú", señalaba él.

Les contó a los vecinos cómo ese hombre, su amigo, había superado sus dificultades a pesar de haber sido abandonado en un barranco por su madre. "Hasta su padre intentó matarlo varias veces cuando era chavalo", decía a los vecinos de El Millón. "Pero ha superado las pruebas y ahora está aquí, entre nosotros".

Oriundo notó, en el sueño, que las jovencitas del pueblo admiraban a su amigo y en voz baja comentaban sobre él. Después vio que ese ramillete de flores jóvenes se llevaba a Gamboa de la mano y él pensó: "Bien merecido que lo tiene".

Muchos detalles de ese sueño se le perdieron casi al instante porque al despertar se dio cuenta que seguía en el hospital, y sintió la urgencia de continuar su viaje.

Sin pensársela dos veces se sacó las sondas del brazo y se puso de pie. Tomó su pantalón, las botas y la camisa a cuadros. Se caló el sombrero y se echó a la espalda su *backpack,* ya con el látigo adentro.

Después de verificar que todo estuviera en orden, abrió la ventana de su cuarto y antes de poner un pie en el jardín exterior, vio sobre el buró un periódico que tenía en la portada una foto suya sin sombrero, sentado junto al escritorio del sheriff, quien sonreía y mostraba el látigo.

Se preguntó a qué hora le habrían tomado esa foto y por qué.

La cabeza bajo la foto decía: *Hero with a Leather Whip*.

Oriundo pensó que el sheriff era ese héroe con látigo de cuero del que hablaba el periódico.

Cuando Oriundo estuvo lejos de allí, una semana después, el periódico publicaría la misma foto, casi en la misma posición, con otra cabeza que decía: *Where's the Hero with a Leather Whip?*

No supo, Oriundo Laredo, que después del encabezado se leía, además:

"Social Services are looking for missing mexican-american hero with a leather whip; believe to be ill".

Los servicios sociales buscaban a Laredo, decía la prensa, porque se creía que estaba enfermo.

La broma

Apretaron el paso en medio de la nada o, más bien, sobre el asfalto que zanja la llanura en esos pueblos perdidos en la nada. Un par de aventones les permitieron llegar a las afueras de El Paso antes de que anocheciera. Oriundo recordó que no había comido y como estaban sobre la avenida Alameda se encaminaron a un pequeñísimo restaurante localizado en una calle en diagonal junto a las vías del ferrocarril, desde donde podían observar Ascárate Park, hoteles de paso y una infinidad de *yonkes* llenos hasta el copete de carros destartalados.

Oriundo le pidió a Gamboa Las Vegas que lo esperara. Iría por un par de hamburguesas para seguir su camino. Entró al negocio de comida, que tenía el nombre escrito en la pared: EL GORDO SNACKS & BURGERS.

Y, en efecto, un gordo hacía de parrillero, cajero y mesero. Era un mexicoamericano al que llamaban así: El Gordo.

—Dos hamburguesas con queso y papas fritas, por favor —dijo Oriundo con la vista clavada en los precios—. Y dos Cocas.

El hombre no volteó a verlo. Siguió dando vueltas a la carne con una pala, luego puso más papas a freír en el aceite y se fue a un rincón del mostrador, donde estaba un hombre alto y delgado, anglosajón, con sombrero puesto. Platicaban y reían.

Oriundo repitió:

—Dos hamburguesas con queso y papas fritas. Y dos Cocas, por favor.

Entonces El Gordo se quitó el delantal manchado de sangre y lo lanzó, furioso, al suelo.

—*What?*—le gritó.

—¿Hay servicio? —dijo Oriundo con voz apocada.

—Ustedes no entienden, ¿verdad? —el cocinero elevó la voz, apretando los dientes y acentuando cada palabra en inglés—. Esto no es México, pedazo de mierda. Aquí no se habla español. Hablamos inglés.

Oriundo respiró profundamente sin quitarle la vista. Luego dijo, en inglés:

—Dos hamburguesas con papas. Para llevar.

El Gordo se brincó dificultosamente el mostrador. Hecho una furia se le puso enfrente. Le pegó con el índice en el pecho y le dijo, siempre en inglés:

—¡No entiendo una sola palabra de lo que me dices! ¿En qué idioma hablas?

Oriundo, que hablaba un inglés con acento pero perfecto, dio unos pasos para atrás y se levantó ligeramente el sombrero mirando al suelo. Se salió del local.

El hombre se paró en la puerta y le gritó "mierda de caballo".

—*You horseshiet!* —dijo.

Oriundo tomó del brazo a Gamboa y le dijo: "Vámonos", y siguieron su camino. Pero más adelante, mientras comían en un Whataburger, le contó el incidente y le dijo, muy serio: "Que nunca se te suba lo que eres, Gamboa Las Vegas. Nunca. Así seas rey, o licenciado, o cantante de ópera".

Porque Oriundo tenía un gran respeto por los licenciados: los relacionaba con el oficio de la abogacía. Y los cantantes de ópera, por alguna razón, eran un sinónimo del éxito y la cultura para él.

"En particular los pochos, Gamboa Las Vegas —continuó serio, y eso se notaba cuando lo llamaba por nombre y apellido—. Pobres. No tienen nada y se creen muy fifí. No hablan inglés ni hablan español, no son de aquí ni son de allá; no los quieren los gringos y tampoco los mexicanos. Pero se sienten muy fifí. La gente así vale muy poco. Se creen que se merecen pieles sólo por el lugar donde nacieron, pero tú ve, Gamboa Las Vegas, ve cómo trabajan los güeros. Esos pinchis pochos no saben que da lo mismo en dónde hayas nacido; hay que chingarle y punto. De aquí, de allá: es la misma chingadera. Mira los búfalos —acomodó aquella lección—, que tanto bien le hacían a los indios como tú y acababan con los tornados. Se los acabaron, Gamboa Las Vegas, y ahora hay más tornados. No importa que seas del Valle de Juárez o de Oakland; de todas maneras pasas las mismas nevadas y los mismos solazos, y tragas la misma mierda. Mírate tú, que naciste sin padre ni madre y creciste en los basureros —recompuso la historia—,

¿cuándo andas por allí gritándole a la gente que es *mierda de caballo*?"

En el sur de El Paso, separada de Ciudad Juárez sólo por el Río Bravo, hay una antigua comunidad que lleva por nombre Segundo Barrio. Se estima que fue fundada en la década de 1880, aunque la evidencia arqueológica indica que antes de la llegada de los primeros españoles era tierra de mansos, sumas y jumanos.

Diáspora de los mexicanos; durante décadas en pobreza extrema y abandonado por el gobierno de Estados Unidos —incluso durante todo el siglo xx—; dividido en *presidios* o vecindades que en algún tiempo fueron de adobe y suelos de tierra aplanada, el Segundo Barrio fue nido de conspiraciones (y hogar de intelectuales, periodistas, empresarios o políticos en fuga) antes, durante y después de la Revolución Mexicana de 1910. Ricardo Flores Magón, periodista, escritor y anarquista, vivió allí un periodo en 1906. También Teresa Urrea, "La Santa de Cábora", inspiración de al menos dos insurrecciones en México: la de Temóchic, Chihuahua, y la de los mayos en Sonora. Mariano Azuela escribió allí *Los de abajo* durante su exilio, luego de que Venustiano Carranza derrotara a las fuerzas de Francisco Villa y Emiliano Zapata. En fin. La lista de personalidades mexicanas que pasaron por allí es amplia. Cuerpos de los muertos y heridos durante la Toma de Juárez en 1910 fueron trasladados al Segundo Barrio; esto da una idea de la vecindad. En la década de 1980, un hombre nacido en México de nombre Carlos Marentes dio origen a la Unión de Trabajadores Agrícolas, un movimiento de corazón socialista dedicado a la defensa... de los que nadie defiende: los jornaleros migrantes mexicanos. Más de cien años de Segundo Barrio han visto pasar movimientos culturales tan importantes como el de los pachucos.

Y, claro, Oriundo Laredo y Gamboa Las Vegas conocían ese barrio a la perfección, porque por unos cuantos dólares se hospedaban en cualquier presidio habilitado como casa de huéspedes.

Llegaron un 22 de diciembre de 1995. Era viernes. Oriundo recordó de inmediato su intento fallido por emplearse en una tienda de la zona.

—Pinche chino —le dijo a Gamboa al contarle la historia—. Por eso los corrimos de Chihuahua.

Iban porque Oriundo buscaba un *self storage*, bodegas que se rentan por adelantado y hasta por décadas y en donde se pueden dejar, por ejemplo, muebles, papelería de empresas y hasta un carro, si fuera necesario. Dieron rápido con el local. Far West Self Storage and Bodegas, se llamaba. Entraron. Una mujer de unos 35 años con obesidad mórbida estaba al frente del escritorio. Tenía unos lentes enormes con muchísimo aumento, y se los quitaba y ponía mientras hablaba. Evidentemente eran nuevos para ella porque no estaba acostumbrada a su uso.

—*Yes?* —dijo—. *How can I help you?*

Oriundo le respondió en español que buscaba una caja que, le dijeron, le pertenecía. La mujer se le quedó viendo y avergonzada le dijo que era nueva allí y que no hablaba español. "Ya sé —dijo amable, sonriente— que es una tontería trabajar en El Paso sin saber español. Pero mi esposo y yo, usted sabe, llegamos apenas de California. Mi esposo fue transferido al Fort Bliss. Mi esposo está en el ejército. Mi esposo y yo…".

Oriundo notó que repetía muchas veces "*my husband*".

—Mire —le dijo en inglés—, me llamo Oriundo Laredo. Tengo una caja aquí que debo recoger porque si no la van a mandar a Houston o a San Antonio.

—Claro, claro —respondió ella—. Puede ser enviada a cualquiera de las dos ciudades, usted sabe. ¿Puede deletrearme su apellido?

Lo hizo.

Dijo: "Mire, hoy es el último día que tenía oportunidad de recoger su caja, señor *Larido*. ¿Sabe? Tiene usted mucha suerte. Fírmeme aquí y aquí. Sí, sí", y le extendió varias hojas.

Notó que en la primera hoja estaba su fecha de nacimiento: 26 de diciembre de 1958. Debajo de ese primer renglón aparecía "O. Laredo".

Sin embargo, en las hojas posteriores decía "Octavio Laredo" en vez de "Oriundo Laredo", y leyó de pasadita un "Andrés Laredo". Iba a comentarlo pero ella le interrumpió, profundamente apenada:

—Quiero pedirle un gran favor.

—Dígame —dijo él.

—Su caja —dijo viéndole a los ojos y quitándose y poniéndose los lentes— está en la bóveda. Pero como están los trabajadores de construcción allí, usted sabe, porque estamos rehaciendo las oficinas y las bodegas, es un poco peligroso para mí.

—Con mucho gusto —dijo él, atento.

—¿Tiene su llave?

—¿Mi qué?

—Su llave, la llave de la bodega. Cada bodega tiene su propia llave, usted sabe —dijo, mientras él ponía cara seria y desconcertada—. Sin llave no puedo darle acceso, ¿sabe? Debe tener su llave, señor *Larido*.

—Laredo.

—¿Cómo?

—Que regreso en un momento.

Salió. Gamboa estaba sentado en la banqueta y al verlo se puso de pie.

—Gamboa —le dijo—, ¿cómo fue que…?

Gamboa lo interrumpió. Le señaló la cadena en el pecho.

Entonces Oriundo Laredo vio con detenimiento esa cadena que mucho tiempo atrás había recibido del propio Gamboa Las Vegas. Se bañaba con ella y no sabía qué decía.

En un extremo estaba una llave, efectivamente. Y en el otro, una placa, una *dog tag* del ejército de Estados Unidos con un nombre y dos fechas:

Andrés Laredo.

26.12.1890 - 26.12.1958

Regresaron los dos a la oficina de Far West Self Storage and Bodegas. Entraron. Oriundo le mostró la llave y ella le dijo, muy amable y hasta agradecida:

—Tenga cuidado por donde pisa.

Se trataba de una bóveda principal de techo muy alto, dividida en pasillos y cada pasillo en unas treinta bodegas personales, en su mayoría derruidas por unos treinta trabajadores que demolían y acarreaban escombro. Por el tipo de construcción (mucho ladrillo, cemento y madera) y por el diseño era posible advertir que esas bodegas habían sido, en el pasado, presidios. Oriundo y Gamboa caminaron hasta una esquina en donde sobrevivían unas diez bodegas. La esquina, completa, estaba cubierta de plástico. Abrieron el plástico y dieron con la puerta y con el número.

Oriundo tomó la llave. La probó y sin dificultad abrió chapa y puerta. Entraron. En medio del cuartito apretado estaba una caja grande de cartón con muchas etiquetas y sellos; quizás inspecciones realizadas por los mismos empleados; quizás.

Abrió la caja y vio, adentro, otra caja de madera ennegrecida, apolillada, vieja. Separaron como pudieron todo el cartón y la vieron en su magnitud.

—Huele a viejo y a polvo —dijo Oriundo y volteó hacia Gamboa, y regresó los ojos a la caja de madera. Tenía una chapa grande antigua, redonda, también corroída por el tiempo.

Se acercó, nervioso. Abrió los brazos y eso era lo que medía la caja de ancho. Forcejeó un poco y zas, abrió. La tapa se levantó de un lado, y unas bisagras rudimentarias rechinaron del otro.

Sobre la tapa, por dentro, había algo escrito: Se leía con claridad un "Querida esposa, quer…" y hasta allí. Dentro de la caja había periódico. Oriundo quitó el periódico, que estaba amarillo pero no se veía tan viejo.

Finalmente dio con montones y montones de billetes muy bien acomodados. Los de mero arriba estaban muy deteriorados y, de hecho, una tercera parte estaría convertida en polvo.

Se sabía a leguas que eran billetes pero no el detalle. Oriundo se inclinó para ver mejor. Removió polvo de papel y leyó:

"Tesorería General Del Estado

"El presente es válido al portador por:"

Y luego, distintas denominaciones y a continuación, una misma fecha (o al menos en los que era visible la fecha):

"Chihuahua, diciembre de 1913".

Y abajo, una firma:

"Gral. Francisco Villa".

Y otra de un tal "Chao" o algo así.

Oriundo Laredo encontró, acomodada en un costado de la misma caja, un sobre que databa de tiempo atrás, pero no mucho.

Lo abrió. Halló una carta que decía:

"Aquí te dejo la broma póstuma de tu abuelo. Alguien cambió toda la fortuna de nuestra familia en billetes de Villa que no valen nada".

Oriundo Laredo hizo una mueca. Volteó a ver a Gamboa Las Vegas, quien hizo exactamente la misma mueca que él. Era un "¿qué chingaos es todo esto?"

—Quizás la caja pertenezca a alguien más —dijo Oriundo. Y mientras la cerraba y juntaba los cartones, dijo con ese aire tan de él: "Cualquiera hace lo que sea por dinero".

Quizás el dicho quedaba; o no. Lo había escuchado por allí y ahora lo recitaba.

La frase es de Benjamín Franklin y dice: "*He that is of the opinion money will do everything may well be suspected of doing everything for money*" o, palabras más, palabras menos: "Aquél que opina que el dinero puede hacerlo todo, bien puede ser sospechoso de hacer todo por dinero".

—Vámonos —dijo. Y apenas había terminado la oración, escuchó un golpe tremendo, ensordecedor, y vio cómo una enorme viga partía la bodega en dos y caía sobre Gamboa Las Vegas.

Una nube de polvo le impedía ver bien.

—¡Gamboa, Gamboa Las Vegas! —gritó desde el suelo.

Como pudo se arrastró hasta Gamboa mientras escuchaba gritos, muchos, a su alrededor. Gamboa estaba boca abajo con la enorme viga en la espalda. Sangraba de la boca.

—¡Ayuda, ayuda! ¡Rescátenlo! ¡Se llama Gamboa Las Vegas! —volvió a gritar.

Entonces pensó, como de rayo: "¡La tarjeta de seguridad social de Gamboa! ¡Necesitamos llevarlo rápido a un hospital!"

Pedía auxilio a gritos. Se acercó a su amigo y le sacó la cartera con mucho cuidado. Temblando, con polvo en el rostro y hasta de entre los dedos, sacó la credencial.

En la credencial aparecía la foto de Gamboa Las Vegas. Pero en lugar de "Gamboa Las Vegas" se leía "Octavio Laredo".

En eso sintió un golpe en la espalda.

Cayó, muy despacio, sobre sus rodillas. Y no supo más de él.

Épale pelao

¿Que si el pueblo celebró el regreso de Oriundo Laredo? Claro que lo celebró. Digamos que no hubo filas afuera de su casa de El Millón para verlo llegar; digamos que tampoco hubo risas y fiesta, lo que se dice fiesta, ustedes saben: cohetones al aire, papel picado, tragos, comilona. Pero la gente del pueblo fue a visitarlo porque, habían dicho, era el mismísimo vengador del látigo o el héroe del látigo o como se llamara.

Y fueron a verlo también por si les tocaba algo; porque tenía una cuenta en Bank of America con todo lo que había guardado en años y años de trabajo; porque recibía una pequeña pensión por haber quedado tullido de por vida y otra por el daño en los pulmones, causado por los fertilizantes del campo.

Oriundo Laredo andaba jorobado, con un bastón en la mano. Tosía largo y, a veces, marcaba de rojo los pañuelos blancos. Pero nunca estaba solo porque tenía trabajo: para uno o dos albañiles, uno o dos carpinteros, un plomero —porque no se necesita más— y quizás algún pintor para que adelantara las paredes si los albañiles se atoraban con el piso.

—Bien que chingan los moyotes, y aquí tienen a su pendejo favorito —decía él, dándose con la palma en el antebrazo, porque la casa que había sido de su madre no tenía mosquiteros, ni muebles, ni pisos, ni mesa, ni sillas, ni nada. Tampoco tenía techo y por lo tanto no tenía brea, o pintura, o enjarre en las paredes, y los postes del corral se los habían llevado, y las piedras de los cimientos y hasta un árbol.

El jefe de la policía de El Millón, que en realidad era su propio jefe porque él y sólo él formaba todo el departamento, fue a visitarlo; y fue porque tenía que ir, faltaba más. Acudió el tendero aunque, a decir verdad, no fue por la leyenda de Oriundo y su látigo, sino por aburrimiento.

Pero lejos de las anécdotas, de que si fueron a visitarlo o no, de que si era suelto con sus pertenencias o no, de que si era un desparpajo en sus menesteres o no, qué pelao más bueno era ese Oriundo Laredo. Buena gente, el condenado. Hecho con toda la mano; con mantequilla, leche, huevos.

Oriundo recorrió unas mil o dos mil veces en su vida, con toda paciencia y sin barullo, de Palomas a Ojinaga y de Canutillo a Presidio. De este a oeste y viceversa, por toda la frontera. Y anduvieron con todo recato y discreción, él y Gamboa Las Vegas, sin hacer sonar la duela.

Fueron y vinieron, él y Gamboa Las Vegas, como la sombra de un caballo perdido, como una nube solitaria en la entraña del extenso manto.

¡Poca cosa es la distancia, Oriundo Laredo!

Y los recuerdos se miden en millas, Oriundo, porque en el mejor de los sueños es Gamboa quien maneja el Grand Marquis.

No supo, Oriundo Laredo

No supo, Oriundo Laredo, que así sucedió:

Que se lo llevaron al Providence Hospital, que es para la gente fifí de El Paso, Texas, porque Far West Self Storage and Bodegas tuvo miedo a una demanda y las demandas, por accidentes similares, son muy comunes y casi siempre se ganan.

Y que una enfermera le dijo al doctor, mientras él seguía en coma:

—El señor viene preguntando por otro. Gamboa, dice, Gamboa Las Vegas.

Y que el doctor contestó, preocupado:

—¿Ya lo notificó a la oficina de bomberos?

Era el viernes 22 de diciembre de 1995.

No supo, Oriundo Laredo, que su registro en el Providence Hospital quedó así: "Octavio Laredo. Día de nacimiento: viernes 26 de diciembre de 1958. Lugar de nacimiento: Fabens, Texas. Edad: 37 años de edad. Sin residencia permanente. Ciudadano norteamericano. Con Seguridad Social".

Y que la policía recogió del lugar de los hechos una mochila que contenía cinco calzones marca Fruit of the Loom; cuatro camisas a cuadros marca JC Penney; un látigo de piel, sin marca; cinco pares de calcetines marca JC Penney; dos rastrillos desechables; una pasta de dientes, un cepillo de dientes, un jabón de baño y un champú, todo en una bolsa de plástico; dos billetes de 20 dólares cada uno y una barra de chocolate amargo sin marca, con una figura de un indio americano estampada en papel. Documentó, además, una taza azul de peltre; una tarjeta de Bank of America y una libreta con direcciones y teléfonos en cuatro estados de la Unión Americana.

No vio Oriundo Laredo que mientras estuvo en coma, su vecino de cuarto tuvo las noticias prendidas en el Canal 9, donde dos comentaristas norteamericanos, en vivo, narraron cómo las calles del centro de El Paso se habían quedado vacías "debido a la fuerte crisis económica y financiera que se vive en México".

Y que el médico dijo que no había registro de ningún Gamboa Las Vegas, y que nadie se llama Gamboa, y que Las Vegas tampoco es un apellido creíble.

No supo, Oriundo Laredo, que el aire era húmedo esa mañana fría de invierno, fría como casi todas las mañanas allí, excepto algunas.

Y que el color café oscuro de los nogales acentuaba el tiempo.

Y que el Saragosa Fireworks vendía fuegos artificiales lo mismo para el 4 de julio que para la noche del 15 de septiembre.

Y los torbellinos de tierra se estacionaban en los campos sin sembrar, no muy lejos de donde estaba acostado y temblaba.

No supo, Oriundo Laredo, que allá en el valle dos árboles y los restos de un tercero, todos centenarios, estaban junto a una bomba de agua y más algodonales. Y había tierra desaprovechada, mucha, porque allí lo que sobra es tierra pero mucha está sin sembrar porque lo que falta es agua.

Y a lo lejos, hacia el norte, las charcas que antes eran un Río Grande lanzaban destellos de sol reflejado.

Y hacia el sur, México y más México, desierto.

Y esas tierras, todas, habían pertenecido a los apaches.

Y los pueblos de kilómetros a la redonda, mexicanos o gringos, tenían banquetas y las casas lucían porches enormes, como extensiones mismas de la sala.

No supo, Oriundo, que así sucedió:

Que la oficina de bomberos turnó oficialmente un parte al Providence Hospital en el que decía que de acuerdo con la empleada del Far West Self Storage and Bodegas, el señor Octavio Laredo, propietario de una caja vieja, había llegado solo y solo había entrado a buscar sus pertenencias.

Que sólo una persona fue rescatada del derrumbe y nadie más.

Que la caja de madera fue turnada a Houston o a San Antonio, y guardada por la oficina de seguros como evidencia del accidente.

Y Rodilla Floja era el nombre de un rancho y el nombre también de un indio manso al que nadie hizo caso, y Saltondo era un cerro o dos, porque lo partían las aguas de un brazo del Bravo.

Oriundo se dio cuenta de que había despertado cuando vio desde la ventana de su cuarto de hospital una cortilla de sauces llorones, sin hojas por el invierno. Y entonces Gamboa Las Vegas caminó de entre los sauces llorones y habló, como no era costumbre en él, y le dijo:

"Qué pueblos más tristes, qué calles más tristes, qué día más triste y hasta los árboles lloran por acá", y atrás de él, el grupillo de sauces llorones tendía su cortina de ramas a ras de la tierra congelada.

Esto lo supo Oriundo Laredo porque fue así como despertó.

Se incorporó de la cama en ese hospital pegado a la montaña Franklin, desde donde se ve, clarita, la orilla amurallada del Río Bravo.

Y todo aquello le generaba dudas. Dudaba del *a qué*: *a qué* dejar México, *a qué* irse al otro lado. Dos *a qué*.

Muchas cosas las supo Oriundo Laredo, y otras no. Pero así fue como sucedió.

Epílogo

Era la mañana fría de la última semana de diciembre de 1997. Una llamada:

—Buenos días. Teléfonos de México desde la Ciudad de Chihuahua. ¿Acepta usted una llamada por cobrar de... de... de don José? —me dijo la operadora.

Acepté de inmediato aunque, en ese momento, el nombre no me dijera nada.

Antes, uno aceptaba todas las llamadas por cobrar porque, por lo regular, se trataba de un pariente en problemas.

—Pueden hablar —dijo la operadora.

—¿Buenooo? —dijo el hombre del otro lado del teléfono.

—¿Sí? ¿Diga? —dije yo.

Don José me llamaba de un teléfono público, deduje, por el ruido atmosférico. Lo identifiqué por su voz, y porque tenía esa extraña costumbre de alargar la última vocal de todas las frases.

—Qué bueno que me llamaaa —dijo, aunque él me había marcado.

—A sus órdenes, don Juan —respondí.

—Oiga, tengo un asunto qué contarleee —agregó.

—¡Dígame! —brinqué de la cama.

Don José trabajaba en la Conservaduría General del Registro Civil de Chihuahua. Era amigo de mi padre y fue amigo de mis abuelos, también. Calculé que, ese diciembre de 1997, tendría noventa años.

Años atrás le había pedido algunos datos de mi familia que nunca llegaron.

—¡Dígame! —insistí, impaciente.

—Pues mireee —empezó—. Resulta que me llegó la ficha de un hombre que falleció recientemente, y me enteré de algunas peculiaridadeees.

—Sí —saqué el lápiz y la libreta, apoyado en el buró de mi cama. Luego lo interrumpí: —Oiga, ¿es sobre mi familia?

—No, no es sobre su familiaaa. Es sobre otra familiaaa. ¿Tiene en qué apuntaaar?

—Sí —dije.

—Apunte —ordenó.

Apunté.

Y esto es lo que me dictó:

Aurelio Laredo. Día de nacimiento: domingo 11 de enero de 1835. Día de defunción: domingo 11 de enero de 1914. Murió a la edad de 79 años.

Andrés Laredo. Día de nacimiento: viernes 26 de diciembre de 1890. Día de defunción: viernes 26 de diciembre de 1958. Murió a la edad de 68 años.

Octavio Laredo. Día de nacimiento: domingo 11 de enero de 1914. Día de defunción: domingo 11 de enero de 1970. Murió a la edad de 56 años.

Oriundo Laredo. Día de nacimiento: viernes 26 de diciembre de 1958. Día de defunción: viernes 26 de diciembre de 1997. Murió a los 39 años.

Después de dictarme, don José, empleado de la Conservaduría General del Registro Civil de Chihuahua, me colgó. Yo me volví a dormir.

El miércoles 4 de marzo de 1998 me llegó un sobre con dos cuartillas manuscritas, a lápiz. El remitente era don José.

En la primera refería que me había enviado un sobre anterior (que no llegó); en la segunda me decía que complementaba, "con estos dos datos, los que previamente le he enviado".

Ese complemento decía, simplemente:

"El ferrocarril llegó a la ciudad de Chihuahua el viernes 14 de septiembre de 1882", y, "En noviembre de 1913 salió don Joaquín Terrazas de la ciudad de Chihuahua. El registro indica que lo acompañaban don Aurelio Laredo y su hijo, Andrés Laredo".

Don José murió ese miércoles 4 de marzo de 1998, supe después.

Habían pasado casi cuatro meses desde aquella extraña llamada a mi teléfono particular.

Nunca pude recuperar el supuesto primer sobre. Y digo "supuesto" porque no hallé evidencia alguna de que me lo mandó.

26 de diciembre de 2014

Agradecimientos y dedicatorias

Pensé en esta novela al poco tiempo de la muerte de mi tío Octavio y en los últimos meses de mi padre Aurelio; alguien encontrará un guiño a un cuento breve escrito por el primero.

Aunque tomo nombres y una geografía que me son familiares, nada de lo que hay aquí está basado en hechos reales. Encontré el nombre de Oriundo Laredo en las puntadas de una borrachera y tomé prestado de aquí y de allá, de amigos de la infancia y del polvo de un país-de-en-medio.

Esta novela pudo escribirla, sin problema alguno, mi querido hermano Aurelio, quien lleva años de residencia en California, Nuevo México y Texas y conoce Chihuahua como pocas personas. Un par de historias que aquí se vuelven ficción coquetean con otras a las que él me acercó.

Dedico esta novela a mi madre, Lupita Páez, quien ha dado su vida a los más desprotegidos y de quien heredé el gusto por las letras; a mis hermanos (y sus familias) Rosalba, Dalia, Aurelio, Sara y Ana, quienes viven entre México y Estados Unidos; a mis tíos Andrés, Octavio y Héctor.

A mi abuelo, don Carlos, bracero por necesidad, quien alimentó a su familia en los años malos con la comida que sobraba de los restaurantes de El

Paso. Líder de un sindicato peleonero, don Carlos murió de silicosis; de tanta chingadera que respiró bajo tierra durante una vida dedicada a las minas.

A mi compañera, Dani. A Carlos Marentes, chicano entre los chicanos, defensor de los trabajadores fronterizos. A Rita Varela y a Jorge Zepeda Patterson, hermanos de muchas batallas. A Miguel y Pablo Valladares, por su amistad y solidaridad. A mi compa Frank Goldman, hijo de migrantes eternos, y a Jovi, su mujer.

A la memoria de mi padre Aurelio, siempre a mi padre Aurelio, por su amor incondicional.

A las mujeres y los hombres de ese país-de-enmedio, separado por la avaricia y la estupidez.

A todos los que abandonan su casa, expulsados por la miseria y la violencia; a todos los que no tienen otra opción que partir.

Índice

Oriundo Laredo de Alejandro Páez Varela,
se terminó de imprimir en noviembre de 2016
en los talleres de
Litográfica Ingramex, S.A. de C.V.
Centeno 162-1, Col. Granjas Esmeralda, C.P. 09810
Ciudad de México.